ANNA CLAUDIA RAMOS
ANTÔNIO SCHIMENECK

## AGRADECIMENTO AOS APOIADORES

Aimée Siqueira Knak
Alex Ramires Eslabão
Alexandre Brito
Alexandre Rampazo
Altino Schimeneck
Amanda Lerner
Amir Piedade
Ana Ester Pádua Freire
Ana Luiza Montenegro Camanho
Ana Maria Accorsi
Ana Paula Cecato
Ana Rute Santos Paz
Anderson Carnin
André da Silva Schimeneck
Andre Neves
Andréa Fróes
Andrea Viviana Taubman
Andressa Lotes
Anelize Morche
Angela B. Kleiman
Angela da Rocha Rolla
Ângela Gil
Angela Maria Oliveira Martins
Anna Maria Tortorelli Massignan
Anne D'prat
Antônio Schimeneck
Assumirian Lúcia do Amaral Costa Capillé
Atena Produções
Bárbara Anaissi
Bê Sol
Beatriz Chacur B Mano
Beatriz Lemgruber
Bernardo Senra
Bruna de Azambuja Sanguinetti
Bruna Giordani
Bruna Loregian
Bruno Evaldt
Caio Riter
Camila Perlingeiro
Carina Castro Ávila
Carlos Luiz Gonçalves
Carmem Ramminger

Carmen Prado Nogueira
Carolina König
Carolina Muller
Caroline Maciel
Caroline Rodrigues
Cesar Lopes Aguiar
Christian David
Christina Maria Thiessen
Christine Casoni
Cila Borges
Cíntia Agustoni
Cíntia Rodrigues
Claudia Maria Milone Travassos Vieira
Cláudia Reis dos Santos
Cristiane Granville
Cynthia Spaggiari
Daiane Andrade
Daniela Delmando
Daniela Ferme Silveira
Débora Jardim
Deborah V Fischer
Denise Ramalho
Denize Inez Volkart Pinto
Diego Emanuel Macedo
Diego Lamarck
Diógenes Buenos Aires de Carvalho
Dionatan Nadalon
Diônathan Oliveira
Edir Alves de Fagundes
Edith Chacon Theodoro
Edna Maria de Lopes Bueno
Edu Maciel
Elaine Jussara Ferreira da Silva
Elenara Quinhones
Eliana Arione Haag
Eliana da Silva Rodrigues
Eliana Sanches Hernandes Martins
Eliandro Rocha
Eliane Mantelli Soares
Else Lopes Emrich Portilho
Evelyn Rogozinski
Fabio Monteiro

Fabricio Gomes
Fátima Cristina de Moura Lourenço
Felipe Maciel
Fernanda Baroni de Barros
Fernanda Ferreira
Fernanda Melchionna e Silva
Fernando de Castro Cerqueira Arosa
Flávia Itabaiana de Oliveira
Flaviane Boeger da Luz
Flora Salles França Pinto
Francisco Lovato
Gabriela Isabel da Silva de Souza
Geisiane Calheiro
Genelci De Fátima Oliveira Gil
Georgina Martins
Gilsandro Vieira Sales
Giséle Maria Weirich
Gislene Sapata Rodrigues
Giulia Ferrari Custodio
Gláucia Regina Raposo de Souza
Guadalupe da Silva Vieira
Hannilori Schwarzbold
Helder Guastti
Helena Nascimento
Heloisa Carla Coin Bacichette
Heloísa Mulhern
Henrique Schneider
Inara Moraes dos Santos
Inês Boniatti Silva
Inez Bueno
Instituto de Leitura Quindim
Isabel Aparecida Mendes Henze
Isabel Cristina Arendt
Jair de Bairros Gomes
Janaina Pereira Antunes
Jaqueline Isabel Ritter Brito
Jefferson Goulart Henrique
Jiro Takahashi
Joana Garcia
Joceane Calheiro
Jocelene Silveira Aquino

Jonas Ribeiro
José Carlos Moura de Araujo
José Roberto de Moraes Ramos
Juares Souza
Júlia Campello Dathein
Juliana Hugo
Juliana Zuardi Vinas
Jussara Wittmann
Karen de Souza
Karen Drago
Karin Caselli
Katiane Crescente Lourenco
Kelly Saturno Martins
Kennedy Souza de Oliveira
Kim Costa Capillé
Laís Polesello Garda
Larissa Fernanda Kohlrausch
Larissa Sousa de Santana
Laura Castilhos
Laura Van Boekel
Lelé Guerra
Leo Martinez
Leticia Moraes da Silva
Lisandra Kohlrausch
Lisiane Andriolli Danieli
Lívia Araújo Dos Santos
Livia Koyama
Liziane Klein
Luana Valéria da Cruz Coelho
Lucas de Melo Bonez
Lucia Elena de Assis
Luciana Figueiredo
Luciana Kramer Müller
Luciana Lopes Stein
Luis Augusto Fischer
Luis Eduardo Matta
Mafalda de Moraes Roso
Magda Brito
Maira Bernardes
Manuel Messias da Silva Filho
Mara Solange Franke
Marcela Perroni
Marcia Brasil Protasio
Márcia H. Koboldt Cavalcante
Marcia Leite

Márcia Lopes Duarte
Maria Beatriz Maciel Myrrha
Maria Célia Azevedo
Maria Clara Duarte
Maria Helena Fernandes da Trindade Henriques Mueller
Maria Laura Pozzobon Spengler
Maria Schimeneck
Mariana Côrtes Nogueira
Marlise Soares de Fraga
Matheus Machado Hoscheidt
Matheus Perez
Maura Coradin Pandolfo
Mauricio Sodré
Michelle Azambuja
Milena Koyama Araujo Gerardi
Milene Barazzetti Machado
Mirna Brasil Portella
Mônica Campos
Norberto Santos
Pablo Morenno
Paula Taitelbaum
Paulo Thumé
Penélope Martins
Peterson Luiz Oliveira da Silva
Raquel Alencar de Azevedo
Raquel Cristina Pereira Mina
Raro de Oliveira
Regina Porto
Ricardo Danziger
Rita Schimeneck
Roberto Malater Guimarães
Rochele Bagatini
Rodrigo Ferreira
Rodrigo Maciel
Roger Castro
Rosa Elena da Silva Manoel
Rosa Maria Ferreira da Silva
Rosa Maria Ribeiro Bernini
Rosana Rios
Rosane da Rosa Peres
Rosângela Darwich
Rosangela Marquezi
Rose Lula Peixoto
Roseli Fontaniello

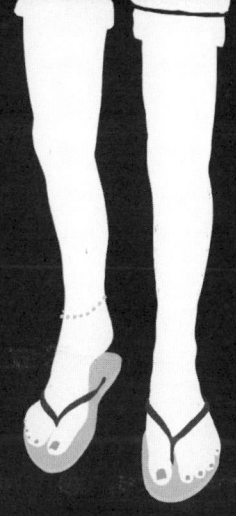

Roxane L. S. Miranda
Sabrina Ferreira de Souza
Samira Guedes
Sandra Coutinho
Sandra Guedes
Sandra Helena de Sousa Soares
Sara Albuquerque
Sergio Alves
Sheila Sinigaglia Facchin
Sidnei F. I. da Silva
Silvia Lemgruber do Valle
Silvio Wolff
Simone Cruz dos Santos Mota
Sônia Maria M. F. Travassos
Stéfanny Gabriela
Suane Calheiro
Suyan Maria Castro Ferreira
Tamires Schimeneck
Tânia Georg Florão Belmonte
Tânia Márcia Tomaszewski
Tania Maria da Silva
Tânia Regina
Tatiana Stumpf Bischoff
Tereza Cristina Macedo Vidal
Tino Freitas
Valeria Cristina Lazzaroto
Valeria Lopes Ribeiro
Valesca de Assis
Vera Härter
Vera Lúcia Bulhões Góes Bastos
Vera Maria Hoffmann
Wesley Rosa

**SUMÁRIO**

6 Apresentação

10 **POR QUE EU NÃO CONSIGO GOSTAR DELE?**
ANTÔNIO SCHIMENECK

18 **ELES MUDARAM TUDO!**
ANNA CLAUDIA RAMOS

32 Depoimentos

# APRESENTAÇÃO
OS AUTORES

O livro *Por que eu não consigo gostar dela? Por que eu não consigo gostar dele?* nasceu do convite que eu, Anna Claudia, fiz para o Antônio.

Vamos explicar essa história desde o começo para você entender. Eu havia escrito *Por que eu não consigo gostar dela?*, que saiu publicado pela ONG Indica, em 2009. Fazia parte de uma coleção de temas polêmicos, mas não houve uma edição comercial dos livros, eles foram distribuídos. E a ideia deste título nasceu da pergunta do jovem Rodrigo, que na época tinha 15 anos. Um dia, muito angustiado, ele me mandou uma mensagem com a pergunta que leva o título da história. Fiquei tão impactada com a intensidade que havia em sua pergunta! Achei que Rodrigo precisava de acolhimento e escrevi esse conto para ele, que nesta edição nova nos traz um depoimento. Quando o livro foi lançado, naquela época, ouvi adultos dizendo: quem dera tivesse lido algo assim na minha adolescência, teria sofrido menos.

Mas como a publicação não teve caráter comercial e muita gente gostaria de tê-la, resolvi pensar numa nova edição. Foi aí que chamei o Antônio para escrever o outro lado da história: *Por que eu não consigo gostar dele?*

Antônio escreveu e o livro ficou parado. O momento não era propício para a publicação. Até que, no final de 2019, resolvemos nos inscrever num edital LGBTQIA+ e chamamos a Raquel para editar o livro caso entrássemos. Não entramos, a concorrência era acirrada... Aí veio a pandemia de COVID-19 e virou o mundo de cabeça para baixo. Sacudiu tudo. Valores, medos, coragens, olhares. Mesmo com essa turbulência toda, um dia, a Raquel mandou mensagem dizendo: Vamos fazer aquele livro? Vamos marcar uma reunião para a gente pensar nisso? Assim foi feito. Viva a internet que nos uniu em meio a tudo que estamos vivendo!

Combinamos de escrever mais um conto cada um. Desta vez, eu escreveria sob o ponto de vista da menina e o Antônio do menino. Assim fizemos. Para coroar o projeto, somou-se a ele nada menos que a grande artista Raquel Matsushita. Ela deu forma ao livro com seu olhar criativo e aguçado. É outra pessoa atenta às injustiças do mundo.

Pensamos também em convidar pessoas para dar depoimentos e compor ainda mais esta narrativa. Pessoas totalmente diferentes, LGBTQIA+ ou não, pessoas que entendem que o mundo precisa de amor e pessoas precisam de acolhimento. É chegada a hora de mudarmos o foco do olhar para as temáticas LGBTQIA+.

Por isso, escrevemos este livro, não para enfiarmos goela abaixo de ninguém essas histórias, mas para levarmos reflexão para as escolas e as famílias. Para aprendermos a respeitar as pessoas, educando-as a se respeitarem também. O foco é o respeito pelo amor, pela vida, pelo cuidado com o outro, mostrando como a não aceitação causa dor e sofrimento. Na verdade, o foco é o amor. E amor não tem gênero. E não deveria incomodar, não é mesmo? A sociedade como um todo deveria se preocupar não com as expressões de afeto, mas com a hipocrisia, a mentira, a falta de respeito ao outro que pensa diferente de mim e com a corrupção, as grandes e as cotidianas.

Queremos levantar esse debate com nossos contos.

As histórias aqui escritas são todas inspiradas em fatos. E a nossa alegria em receber depoimentos de diversos segmentos, sobretudo religiosos, é imensa. Juntos, somos mais fortes! Juntos, podemos levar esse olhar de amor e respeito para dentro das escolas e das famílias, para que nunca mais nenhum jovem atente contra a sua própria vida por não se sentir acolhido e respeitado. Para que nenhum jovem precise passar por tratamento para curar algo que não é de curar, apenas de viver.

O mundo está sempre em transformação. Mas neste momento, estamos sendo chamados à ação. A pandemia de COVID-19 veio mostrar que não há mais tempo a perder para nos modificarmos na direção do amor e do bem. Por isso, depois de tanto tempo trabalhando em silêncio, resolvemos assumir quem somos, o que pensamos e agirmos no sentido de deixar um mundo melhor para as futuras gerações.

Um dia, lá no futuro da vida, os jovens acharão graça de que, em 2020, num tempo de grandes avanços científicos e tecnológicos, os escritores precisaram emprestar sua voz no combate à perseguição de pessoas LGBTQIA+.

Acreditamos que, um dia, todos serão respeitados porque são pessoas, sem rótulos.

**POR QUE EU NÃO CONSIGO GOSTAR DELE?**
ANTÔNIO SCHIMENECK

*Para Tamires Schimeneck, que criou uma* playlist *de ir embora.*

Suzanna correu pela praia com a prancha embaixo do braço. Jogou-se no mar e, com braçadas vigorosas, nadou em direção às ondas gigantes repletas de surfistas. Deslizou na imensidão esmeralda e, num impulso, imergiu. Sentiu no rosto o borbulhar da água agitada pelo quebrar da onda e saiu adiante, toda equilíbrio e precisão naquele ambiente líquido, tão íntimo e ao mesmo tempo tão senhor de si.

Ela usava fraldas quando os pais decidiram visitar aquela praia fora do circuito turístico, rodeada por montanhas e de clima estável. Terminadas as férias, Roberto e Lúcia retornaram à cidade na qual viviam, pediram demissão de seus empregos e se instalaram à beira-mar. Transformaram a parte da frente da nova casa num quiosque e aprenderam a fazer quitutes e drinques. O local se tornou ponto de encontro dos nativos e dos surfistas que apareciam nos finais de semana.

Ainda criança, Suzanna, com sua prancha de isopor, acompanhava o pai de longe. Roberto ia para a praia com sua *Funboard* – ótima para flutuar e versátil nas manobras – e por uma hora encarava as ondas matutinas. Com o tempo, deixou o esporte de lado. Ela se

apropriou da prancha dele e todos os dias nadava além da última rebentação, onde se formam as vagas mais altas.

Na última semana de julho, acontecia a competição anual de surfe. O evento iniciou entre os moradores. Com o tempo, ganhou fama e trazia, nesse período, esportistas de toda a região. Pela primeira vez, Suzanna participaria da disputa, por isso, há meses treinava com afinco. Numa manhã, ao sair da água para secar-se ao sol, percebeu companhia:

— Ei, brother! Fiquei só de boia hoje; você é big rider, muito bom mesmo! Já foi pro Havaí?

Suzanna pensou em falar sobre a perda de tempo em apenas observar um mar lindo daqueles e, sim, gostava de ondas altas e desafiadoras e, depois de estar no pico, pegar um tubo, sair logo adiante curtindo cada sessão e, viajar para o Havaí fazia parte de seus planos. Em vez disso, tirou a touca libertando os cachos aloirados à força de sol e sal. Enquanto arrancava a vestimenta de neoprene, virou-se e encarou o desconhecido.

Ele engasgou na hora:

— Desculpa aí. A roupa... não percebi que você era... perdão, é uma mina.

— Não esquenta.

— Espera, você é a pro de que todo mundo fala? Cara, eu vim aqui te conhecer. Tá todo mundo amarelando, com medo de te enfrentar no campeonato.

Sentaram-se, cada um na sua prancha. Olhos no mar. Filipe contou praticar surfe há cinco anos. Sempre ia nos finais de semana para o litoral, mas estreava naquela praia e no campeonato. Tinha dezoito anos. Suzanna revelou ser um ano mais nova.

Foram interrompidos pelo homem alto e bronzeado com um prato de petiscos numa das mãos e com uma garrafa de isotônico na outra:

– Trouxe violinha, especialidade da casa – apontou o quiosque.
– Para reporem as energias – piscou o olho para Suzanna e gracejou:
– comportem-se.

Sozinhos novamente, Filipe disse:
– Que louco! O povo aqui é assim?
– É meu pai.
– Ah! Desculpa aí. Foi mal...
– Não esquenta. Ele é meio palhaço.

Alimentados e hidratados, juntaram a roupa espalhada na areia, colocaram as pranchas embaixo do braço e seguiram em direção a casa dela. Enquanto aguardavam na beira da estrada de terra, perceberam o olhar fixo de uma garota acomodada no banco traseiro de um carro. Filipe disse:
– A mina tá na tua.
– Ficou doido?
– Não precisa ficar vermelha.

E atravessaram a rua.

Suzanna foi direto para o banho. Enquanto tirava o sal do corpo, avaliou os últimos acontecimentos. Gostou de conhecer Filipe. Bonito, inteligente, bem-humorado, agradável de ter por perto. Mas um fato a perturbava: o olhar da desconhecida de dentro do carro. Tentou disfarçar, mas Filipe foi rápido e não deixou passar sem um comentário. Abriu o guarda-roupa, escolheu uma camiseta e uma bermuda. Vestiu-se e olhou para o espelho interno do móvel. Ficou parada por alguns instantes. Depois, fechou a porta com estrondo e saiu do quarto.

Foi para o quiosque ajudar os pais no atendimento aos clientes. Mal entrou, Roberto falou:
– Tá namorando, hein?
– Nem vou comentar.
– Relaxa, filha. É bacana conhecer gente nova. Além disso, vai

ser bom ter um genro pra trocar uma ideia, tem muita mulher no meu pedaço.

— Se depender de mim, vai continuar assim.

— Convidou ele pra almoçar?

— Não. Mais tarde vamos surfar. Ele quer umas dicas sobre o mar daqui.

— Que bom! Então, convida pro jantar.

— Menos, pai.

Os dias passaram cheios de preparação para o campeonato de surf. Suzanna contabilizou uma semana de ondas gigantes e de conversas na areia depois do treino. Filipe despertou nela uma faceta desconhecida, pois, até então, sempre fora silêncio diante do mar. Interessava-lhe a natureza, o mergulho e o desafio das ondas. Não tinha amigos. Os colegas de escola vinham de lugares diferentes e os encontros na pequena cidade praiana eram raros. Estava gostando de encontrá-lo. De ouvir as histórias e os sonhos do garoto. Com o canto do olho, o observava: o rosto com nada de barba, apenas penugem aloirada; a boca rosada sorrindo para ela em dentes brancos; os cabelos encaracolados.

E a imagem dele se confundindo com a da garota que ela vira por um momento. Como seria beijá-lo... beijá-la?

O grupo de trabalhadores terminava a montagem do palco para o show da noite. O reggae embalava os turistas ocupados em armar barracas nos campings improvisados. Suzanna e Filipe saíram da água. Jogaram-se na areia clara. As pranchas deixadas de lado enquanto os dois relaxavam os músculos exaustos pelo treino.

— Daqui a dois dias a gente vai se enfrentar nesse mar — disse Filipe.

— E eu vou vencer.

— Quer ir comigo no show hoje...

– Bora! – respondeu antes dele terminar a pergunta.

Riram.

O pai passou a tarde soltando indiretas.

A mãe só ouvia e mandava ele deixar a filha em paz.

Suzanna olhou para o próprio reflexo no espelho do quarto: short branco, sandália baixa, blusa de alça fina com estampa de flores miúdas e coloridas, cachos hidratados e sedosos, brilho nos lábios, realce preto nos cílios. Adorava bermudas e camisetas, mas a imagem mais sofisticada também lhe agradava. Aquela roupa lhe caía bem. E lembrou da desconhecida naquele carro. Será que ela gostaria de vê-la assim? E se o convite para sair naquela noite não tivesse partido de Filipe, mas da garota vista de relance num atravessar de rua? Ela teria aceitado? Tantas perguntas surgiram na sua cabeça depois daquele furtivo olhar...

Despediu-se dos pais e foi ao encontro de Filipe.

Caminharam em direção às luzes. Misturaram-se à multidão. A música embalava a dupla. De vez em quando, trocavam impressões. Era preciso conversar rente ao ouvido por conta do som alto. No meio de uma fala, se beijaram.

Pouco tempo depois, Suzanna se esgueirou para dentro de casa. Ao passar pelo corredor, a mãe pôs a cabeça para fora da sala:

– Voltou cedo. Como foi lá?

Não conseguiu dizer nada naquele momento. Chorou, abraçada à mãe.

Lúcia a levou para o quarto. Esperou a filha se acalmar e perguntou:

– O Filipe tratou você mal?

– Não tem nada a ver com ele, mas comigo – assoou o nariz. – Tudo ia bem, a música, a dança, a conversa. De repente, pintou um beijo.

– Que bom, filha.

— Aí é que tá o problema. Rolou tudo certo. Ele é perfeito. Mas deixei o cara plantado no meio da festa.

— Você só deve fazer o que tem vontade. Amanhã vocês conversam. Tudo vai ficar bem. Tem mais alguma coisa pra dizer ou que talvez não esteja entendendo? Posso tentar ajudar.

— Tem. Mas não quero falar agora.

— Pode contar comigo pra qualquer coisa.

As duas ouviram Roberto aproximar-se do quarto. Chegou todo animado:

- E aí, meninas, quero saber as novidades!

O olhar fulminante fez ele dar meia volta e resmungar:

— Depois conversamos.

Suzanna olhou para a mãe.

— E com ele? Também posso contar?

— Esqueceu que aqui somos a maioria?

E veio o abraço.

Na manhã seguinte, Suzanna jogou-se com fúria ao mar.

Horas depois, largou a prancha na areia e, enquanto retirava a roupa emborrachada, avistou o ousado surfista chamando atenção dos banhistas. Sentou-se. Bebeu uma água de coco admirando as manobras radicais. Viu Filipe sair do mar aplaudido por um grupo de fãs espontâneos. Veio em direção a ela. Despiu a malha escura e sentou-se.

Silêncio constrangedor.

Ela antecipou a conversa:

— Quero me desculpar.

— Eu forcei a barra, confundi as coisas...

— Seria mais fácil gostar de você...

— Não tem galho. Posso continuar aqui?

— Pode.

Ficaram olhando o mar. Em silêncio. Até que ouviram passos na areia fofa. Suzanna pensou que fosse o pai com seus petiscos, mas enganou-se. A desconhecida que dias atrás passou no banco de trás de um carro, parou ao lado deles, tirou a canga colorida, descalçou as sandálias, amarrou o cabelo e perguntou se eles poderiam tomar conta das coisas dela, com o olhar diretamente em Suzanna.

– C-claro.

– L-lógico.

Durante um tempo, os dois não falaram nada. Então se olharam, surpresos. E sorriram.

Suzanna, se enchendo de coragem, decidiu entrar na água. Naquele momento teve certeza: o mar acabava de ficar ainda mais sedutor.

# ELES MUDARAM TUDO!

ANNA CLAUDIA RAMOS

— Calma, Gil, calma!

— Calma, Jana?! Como é que você quer que eu fique calma?! Seu Zé das Caixas me pegou dando um beijo na Thalya. Claro que ele vai contar pro meu pai. Se já não contou! Não posso ir pra casa. Meu pai vai me matar!

— Seu pai é meio bronco, mas é seu pai. Não vai te matar, conversa com ele.

— Até parece que meu pai sabe conversar com alguém, Jana. Não vê o jeito que trata minha madrasta? Não tem um dia que não grite com ela. Semana passada chegou a levantar a mão pra bater, mas eu me meti no meio. Quando ele bebe, perde completamente a noção. Se minha mãe ainda estivesse aqui, a vida seria mais fácil pra mim.

— Eu entendo, amiga, mas calma. Dorme aqui essa noite, liga avisando. Amanhã vocês conversam.

— Jana, as palavras do Seu Zé das Caixas estão ecoando aqui na minha cabeça: vou contar pro seu pai que você está aí nesse agarramento. Onde já se viu duas meninas se beijando? Isso é o fim do mundo! Seu pai precisa acabar com essa pouca vergonha. Isso

que dá menina criada só por homem. Seu pai ficou muito tempo sozinho até se casar de novo. Se sua mãe fosse viva, nada disso estaria acontecendo.

— Quanta ignorância, Gil, esse homem parou no tempo!

— Tive vontade de dar uma resposta desaforada, mas não consegui, porque bem na hora a mãe da Thalya passou por ali e entendeu tudo. Foi horrível, ela gritou com a gente, depois pegou a Thalya pelo braço e saiu puxando a coitada. Não pude fazer nada, me senti uma inútil vendo minha namorada ser levada daquele jeito. Até quando vai ser assim, Jana, até quando?

— Não sei dizer, amiga! Queria que vocês não precisassem mais passar por isso. Mas vai, manda uma mensagem pro seu pai. Melhor mensagem do que ligar.

Gil digitou e apagou a mensagem umas dez vezes. Até que achou que estava bom o que escreveu e enviou. Não deu nem dois minutos e a resposta veio certeira: VOLTE PARA CASA IMEDIATAMENTE, GILMARA!

Gil sabia que quando seu pai a chamava pelo nome e não pelo apelido era bronca na certa. Gelou! Olhou para Jana, mostrou a resposta do pai, deu um abraço muito apertado na amiga, que perguntou se ela queria companhia para voltar. Gil achou melhor ir sozinha, sabia que teria que enfrentar o pai mais cedo ou mais tarde.

As duas não faziam ideia do que estava por vir, mas Gil sentia que boa coisa não seria. Saiu da casa de Jana andando o mais devagar que conseguiu. Da casa da amiga até a sua dava mais ou menos uns quinze minutos. Resolveu aumentar o caminho indo pelo Beco Azul. E a cada viela que entrava, um filminho passava pela sua cabeça. Lembrou-se do dia que sua mãe morreu, quando ela ainda era pequena. Sem avós maternos, que haviam falecido no mesmo acidente que sua mãe, e sem avós paternos, que ela nem chegou a

conhecer, o pai teve que assumir sozinho a sua educação.

Que falta ela sentia de ter avós por perto, de ter alguém para defendê-la nesse momento. Alguém com quem dividir sua dor, sua angústia. Aquele imenso vazio que habitava seu coração. A madrasta era boa pessoa, cuidava dela com carinho, mas não tinha forças para enfrentar o marido. Gil olhava para a madrasta e desejava que ela conseguisse se impor e não aceitasse os desmandos e as bebedeiras que estavam cada dias mais recorrentes. No fundo, Gil sentia medo que o pai começasse a ficar muito violento e fizesse alguma besteira.

Tudo isso foi se misturando com a descoberta de seu amor pelas meninas.

Que mal há em amar uma menina? Ela não entendia por que tanta gente ainda acha isso errado, algo a combater. Em sua cabeça, errado era ser violento, bater em inocentes, matar, fazer mal a alguém, ter ódio, mas amor? Amor devia deixar todo mundo feliz. Sonhava com o dia que poderia andar de mãos dadas com Thalya pela comunidade, pela escola, pelas ruas da cidade sem ninguém debochar, sem ouvir alguém gritar "lá vai a sapatão", sem escutar algum garoto dizer que o problema delas era falta de macho.

Que raiva ela sentia quando ouvia essas coisas. Vontade de gritar, de berrar, vontade de viver em um mundo onde pudesse amar quem quisesse sem ninguém se incomodar.

Thalya, a primeira menina que ela teve coragem de assumir como namorada. Antes o medo era maior do que a vontade.

E foi subindo a escada que dava em sua rua em profundo silêncio, bem devagar. A cada degrau um pensamento. A cada passo o coração acelerava mais. Era uma mistura de medo de encarar o pai, medo de apanhar, de ser expulsa de casa, de não ter para onde ir. Mas ao mesmo tempo ousava sonhar que o pai a defenderia, que a acolheria. Que seria como o pai de um de seus colegas da escola. Mas bastou vê-lo já na porta de casa para ter certeza absoluta

de que ele já sabia de tudo que ela havia tentado esconder por tanto tempo. E que era melhor acordar do sonho antes de entrar. Precisaria forças. Sentiu isso ao ver o olhar fulminante do pai.

— Gilmara, que história é essa de você estar beijando uma menina na rua? – perguntou o pai já puxando a filha pelo braço para dentro de casa e trancando a porta.

— Eu ia contar, pai... tava esperando a hora certa pra te contar que eu me apaixonei pela Thalya, filha da dona Jandira.

— E lá tem hora certa pra me contar essa pouca vergonha? Onde já se viu filha minha namorando uma menina?! Isso nunca! Só se for por cima do meu cadáver.

— Mas pai... qual o problema?

— Qual o problema, Gilmara? Você já pensou o que vão falar de mim aqui na comunidade? Lá vai o Jerônimo, pai da mulher macho. Ele não foi homem suficiente para criar a filha. Até hoje me arrependo desse seu apelido que mais parece de homem do que de mulher, Gil.

— Pai!!! Pare de falar bobagem! Não tem nada a ver com meu apelido, não tem nada a ver com isso. E desde quando eu sou macho? Eu sou só uma menina que gosta de namorar meninas! E você tá mais preocupado com o que os outros vão falar de você do que saber como eu estou me sentindo? Não acredito! A gente só tem um ao outro, pai. Não tenho mais mãe, nem avós. Somos só nós e a Matilde. Somos uma família. Escuta o que eu tenho pra dizer, por favor, pai, tá muito difícil passar por tudo isso sozinha...

— Cale a boca, Gilmara! – e o pai deu um tapa na boca da filha – Se você quiser continuar fazendo parte desta família, precisa esquecer essas bobagens.

— Mas pai... – disse Gil, tentando conter o choro num misto de dor e raiva – isso não é bobagem, é amor, é a minha vida. E essa sou eu, sua filha. Que mal tem amar alguém?

— Por que você não consegue ser normal? Amar uma menina não é correto. É uma imundície uma menina beijando outra. E se você quiser continuar sendo minha filha precisa arranjar um namorado, um homem, e esquecer essa loucura. Entendeu? — gritou o pai, apertando o braço da filha.

E enquanto Jerônimo continuava a gritar com a filha, Matilde, que apenas assistia a cena sem nada dizer, mas com as lágrimas escorrendo pelo rosto, resolveu intervir.

— Jerônimo! Pare com isso! Você não pode expulsar a Gil de casa. Ela é sua filha. E eu considero minha filha também. Não vou permitir que você faça isso.

— Tá maluca, mulher?! Não se meta, que isso não é assunto seu! Ou quer ir junto? Expulso as duas. Fico aqui sozinho. Assim todos aqui vão saber o quanto eu sou macho e que quem manda na minha casa sou eu. — disse Jerônimo, empurrando a esposa na direção da filha.

— Para, pai! Deixa a Matilde de fora da sua loucura. Eu vou sair de casa, vou dormir na casa da Jana, amanhã a gente conversa.

— Você não está entendendo, Gilmara! Não terá amanhã. Quando você cruzar aquela porta, saiba que não terá mais pai. Você estará morta pra mim.

— Pare, Jerônimo, não faça isso, não repita o mesmo erro duas vezes!

— Que erro, Matilde, do que você tá falando? — quis saber Gil.

Mas na mesma hora que falou, Matilde se arrependeu. Sabia que o marido iria ficar furioso. Acordar uma história enterrada há mais de 30 anos. Uma história que ela descobriu por acaso, ao achar uma antiga carta escondida na dobra de uma gaveta. Ficou com medo da reação que o marido poderia ter, mas foi tudo muito rápido, mal deu tempo de pensar.

— Matilde, é melhor você calar a sua boca. Essa menina vai

embora agora. É só o tempo de juntar as coisas e sair. Deixa o passado enterrado. E você fica.

– Mas, pai, eu não tenho pra onde ir...

– Jerônimo, basta! Fiquei calada esses anos todos, te aguento todos os dias, aguento seu cheiro ruim de bebida, seu mau humor, mas não vou deixar a Gil ao relento. Ela tem pra onde ir e isso você não pode negar. Prometi que nunca iria contar, mas se você não contar, conto eu e vou embora também. – disse Matilde num ímpeto que nem ela acreditou.

– Do que a Matilde tá falando, pai? Pra onde eu posso ir?

– Vocês dois são farinha do mesmo saco. Se merecem mesmo. – disse esbravejando.

– Dois? Que dois? Somos duas!

– Não estou falando de você e Matilde.

E Jerônimo pegou um papel e uma caneta. Anotou um endereço e entregou a Gil que olhava espantada para o pai e para a madrasta. Que segredo escondido seria aquele?

– Você tem um avô. Ele mora neste endereço. E não quero perguntas e nem mais uma palavra sobre esse assunto nesta casa. A partir de hoje também não tenho mais filha. Você estará morta para mim, como meu pai está.

E saiu arrastando o corpo, pesado, na direção do quarto. Matilde deu um abraço bem apertado em Gil. Ajudou-a a arrumar uma mochila. E, chorando, disse que ela não tinha perdido a madrasta, que poderia contar com ela sempre. Gil retribuiu o abraço. Estava estarrecida com aquela notícia. Matilde explicou o pouco que sabia. Depois entregou a diária que havia recebido no dia anterior fazendo faxina.

– Mas Matilde! Vai te fazer falta.

– Não se preocupe, minha menina, amanhã faço uma faxina extra.

– Obrigada por ficar do meu lado.

– Obrigada por me dar essa chance de falar.

As duas choraram abraçadas por longos minutos. Até que Jerônimo gritou do quarto chamando a esposa.

–Vai, minha menina, vamos dar tempo ao tempo. Depois vemos como fazer com o restante das suas coisas. Tenho certeza de que seu avô vai te acolher. E me mande notícias.

– Obrigada, Matilde. E se cuida, tá? Não deixa ele te fazer mal. Nunca.

Gil bateu a porta de casa sem olhar para trás. Desceu a escada a caminho do asfalto aos prantos. Mal conseguiu digitar uma mensagem para Jana e Thalya explicando que estava indo embora. Mas a resposta de Thalya veio da mãe: saia da vida de minha filha. Este celular agora é meu. Se você aparecer aqui, mando meu filho acabar com você. E Jana apenas disse, estou aqui pro que você precisar, depois me conta tudo.

Gil andou até chegar ao ponto de ônibus. Só chorava e pensava em como seu pai poderia ter feito aquilo. Matar a filha em vida apenas porque ela amava uma menina. Quanta ignorância! Quanta dor desnecessária.

Quando Gil finalmente chegou ao ponto de ônibus, já passavam das onze da noite. Se saísse àquela hora, chegaria de madrugada na casa do avô. Achou melhor dormir no ponto. Mesmo com todos os perigos, resolveu arriscar. Pelo menos ali ela já sabia como era. No novo destino tudo era desconhecido.

Não pregou olho um minuto sequer. Ficou remoendo aquela história até o dia clarear. Chorando com a cabeça baixa, agarrada à sua mochila.

E durante todo o trajeto ficou se perguntando como seria o seu avô. Será que a aceitaria mesmo, sobretudo depois de descobrir como ela é? Ou será que também seria homofóbico? Tantas dúvidas,

tantas perguntas, tanto medo e vazio.

Gil desceu do ônibus e andou até o endereço anotado naquele pedaço de papel. Parou em frente ao prédio. Olhou para o alto, tantas janelas! Qual seria a de seu avô? Será que estaria acordado? Ficou criando coragem para tocar o interfone. Até que o porteiro, já desconfiado daquela menina que não parava de olhar para o prédio, perguntou o que ela queria. Gil explicou que iria tocar o interfone do apartamento de seu avô, só estava na dúvida se ele estaria acordado. O porteiro olhou ainda mais desconfiado, quis saber quem era. Gil disse o nome e o apartamento do avô. Achou estranho, nunca soube que seu Josias tivesse uma neta, mas avisou que ele acordava cedo, já tinha ido até na padaria, que ela podia tocar sem susto.

Gil apertou o número do apartamento: 902.

– Quem é?

– Queria falar com o seu Josias.

– Sim, é ele. Mas quem é e o que deseja?

Alguns segundos de silêncio.

– Sou eu, vô... sua neta, Gil.

Novo silêncio pairou no ar. Ao longe, Gil apenas ouviu uma voz perguntando quem era e um homem respondendo: minha neta!

– Vô, sei que o senhor não me conhece, mas meu pai me expulsou de casa e descobri que tenho um avô praticamente ao mesmo tempo. Não tinha pra onde ir...

– Espere, vou descer pra te buscar.

Os minutos que separam aquele encontro foram tensos para ambos. Avô e neta não sabiam o que esperar. Ambos tinham medo de não serem aceitos. Mas agora o encontro era inevitável. E Josias tinha esperado tanto por esta oportunidade. 17 longos anos desde o nascimento da neta.

Quando o avô abriu a porta do prédio viu a neta ali parada,

apenas com uma mochila nas costas. Ficaram se olhando, tentando se reconhecer naquele olhar. Até que Josias tomou a iniciativa.

– Não vai dar um abraço no seu avô?

E Gil ficou ali, naquele abraço-colo daquele avô inaugural.

– Eu nunca soube que tinha um avô. Por que meu pai disse que matou você da vida dele?

– É uma longa história, minha querida, mas primeiro me diga por que seu pai a expulsou de casa e o que ele falou de mim?

– Também é uma longa história, vô. Será que se eu contar você vai me aceitar? Quer que eu conte antes de subir?

– Só se você quiser. Prefere andar até a praça pra me contar?

– Não. Prefiro falar logo e se você não puder me aceitar, eu vou embora daqui mesmo.

– Minha querida, por que eu não te aceitaria?

– Meu pai disse que a partir de agora eu estou morta para ele porque descobriu que eu namoro uma menina. Mas se o senhor não me aceitar por eu ser assim, eu dou um jeito, arrumo um lugar pra morar. Nem que seja na rua.

– Nem fale uma coisa dessas, minha querida! Veja lá se seu avô não te aceitaria só porque você ama uma menina. Venha, vamos subir. – respirou Josias aliviado.

De dentro do elevador, Josias mandou uma mensagem. Gil achou engraçado aquele senhor usando uma rede social e sorrindo enquanto digitava.

Ao chegarem ao nono andar, já na porta do apartamento, Francisco os esperava de abraços abertos. Gil não estava acreditando. Numa fração se segundos a frase de seu pai voltou à sua mente, vocês dois são farinha do mesmo saco. Claro! Tudo fazia sentido agora.

– Agora você ganhou dois avôs, se quiser. – disse Francisco sorrindo.

— Se quiser?! Mas é claro que eu quero! Até ontem eu não tinha nenhum. Agora tenho dois. Nem acredito.

— Eu tinha certeza de que um dia poderíamos conviver, Gil. Não há mal que dure para sempre. Mas, entre. Venha conhecer sua nova casa. Aqui é a sala. Aqui é meu quarto e do Francisco. Aqui um escritório. E aqui um quarto de hóspedes. E sabe que sempre sonhei que um dia você poderia dormir aqui? Agora pode virar o seu quarto.

— Que legal ter um quarto só pra mim aqui na sua casa! Mas vô, me explica uma coisa. Por que meu pai me disse que você havia morrido antes deu nascer?

— Pelo mesmo motivo que ele a expulsou de casa.

— Mas por quê? Por que ele faz isso?

— Porque ele arranca da vida dele tudo que não consegue entender, que o ameaça. Ele tem muito medo de amar. Medo do que vão pensar dele.

— Mas por que você aceitou isso? Por que nunca se aproximou?

— Eu tentei por muito tempo, Gil. Até que quando seu pai, já homem feito, com uns amigos, bateram no Francisco quando ele voltava pra casa. Eu quis denunciá-lo, mas não é tão simples assim. Ele me ameaçou de morte caso eu contasse a verdade pra você. Ele tem muita vergonha de mim por eu ser quem eu sou. E agora também tem vergonha de você.

Gil estava sem saber o que falar. Queria correr para avisar Thalya, mas não tinha mais como falar com ela. Não por enquanto. Queria avisar Jana, mas nada ali era mais importante do que ouvir a história de seu avô.

— Mas, vô, por que meu pai não consegue aceitar a gente como a gente é?

— Talvez porque ele tenha medo. Talvez por ignorância. Ele ainda não despertou para o amor, Gil. Isso leva tempo mesmo.

Talvez ele morra sem despertar. Seu pai fingiu tanto que eu tinha morrido, que acabou acreditando no seu fingimento, uma pena.

– Vô...

– Que foi, minha neta?

– Tão bom poder falar vô!

– Tão bom poder falar minha neta!

– Eu tô triste e feliz ao mesmo tempo.

– Eu também. Mas imagino que você queira saber como aconteceu a minha "morte".

– Só se você quiser contar...

– Quero. Aliás, preciso.

E Josias contou tudo. Que quando era rapaz se apaixonou por Francisco. Que namoraram escondido das famílias. Que era muito ruim fazer tudo às escondidas, mas era o possível. Até que um dia seu pai descobriu tudo e só não o matou porque a mãe se meteu no meio. Mudaram de cidade e o pai o obrigou a se casar com uma moça.

– Eu não era forte naquela época, meu pai enfiou tanta coisa ruim na minha cabeça, me diminuiu tanto. E eu acreditei no que ele disse, e me senti um inútil. Não me achava capaz de nada. Acabei me casando, seu pai nasceu. E só quando meu pai morreu me senti livre pra ter coragem. Pedi a separação. Naquela época já havíamos voltado a morar aqui na cidade. Só que alguns anos depois, quando sua avó descobriu que eu estava com Francisco, foi um escândalo. Seu pai já estava com quase 14 anos e sentiu muita vergonha de ter um pai bicha, como ele mesmo fez questão de dizer. Tinha medo do que pudessem falar. Olhou bem dentro dos meus olhos e disse, "você está morto pra mim, nunca mais quero te ver". Tentei, mas não tive sucesso. Depois, quando sua avó morreu, seu pai já estava casado. Uns anos depois você nasceu. Aos poucos ele foi se perdendo dele mesmo, foi bebendo e jogando, perdendo

dinheiro. Foi aí que vocês foram morar onde moram hoje. Tentei ajudar, mas ele nunca aceitou. Depois veio a história de baterem em Francisco pra me agredir. Então, me afastei de vez. Seu pai me matou da vida dele. Assim como fez com você agora, Gil.

Gil só chorava enquanto ouvia o avô contar sua história. Quanto sofrimento. Por que tanta intolerância? Era só o que pensava.

– Vô, meu pai fez comigo o mesmo que fez com você. Ele nos matou de sua vida.

– Mas ele me deu a chance de cuidar de você daqui pra frente. Você não está sozinha.

– Vô, você e o Francisco estão juntos então há muitos anos, né? Amor de juventude que virou amor da vida toda. É uma história linda.

– Sim, hoje em dia podemos dizer que sim, é! Mas enfrentamos muita coisa pra chegarmos até aqui. Não foi nada fácil.

– Nossa! Imagino!

– Mas me conta, você não trouxe todas as suas coisas nessa mochila, trouxe?

– Sim, trouxe tudo que preciso. O resto eu deixei pra trás. Não quero nada do meu pai. Só quero um dia poder pegar meus livros. Mas posso pedir pra Matilde trazer pra mim, ou Jana, minha amiga. Só sinto pela Thalya. A mãe tirou o celular dela e me proibiu de chegar perto senão manda o filho acabar comigo. Como irei falar com ela, vô?

– Calma, minha neta. Um dia de cada vez. O tempo devolve tudo pra gente. Não vê a minha história com o Francisco? Por hora, temos que pensar sua vida daqui pra frente. Temos tanto pra conhecer. Mas saiba que aqui você pode amar quem você desejar.

– Isso, Gil! – emendou Francisco – E depois você precisa nos contar o que gosta, o que deseja, onde quer estudar. Sua vida agora é aqui. Uma menina e seus dois avôs. Mas se prepare, porque aqui

também tem gente fofoqueira, preconceituosa e que não nos aceita, mas também tem muita gente que já não tem problema nenhum com isso. É nisso que temos que nos fortalecer. Você viu que lindo no último dia dos namorados os casais de todos os tipos postando fotos nas redes sociais? Tomamos coragem e depois de todos esses anos juntos postamos nossa primeira foto assumindo publicamente nosso amor. Olha só!

E Gil sorriu com os olhos, tirou uma foto com seus avôs, e postou com a legenda: eles mudaram tudo! <3 agora só falta você!

# DEPOIMENTOS

**RODRIGO MACIEL**
COORDENADOR DE EVENTOS
(O JOVEM QUE INSPIROU O CONTO "POR QUE EU NÃO CONSIGO GOSTAR DELA?",
MUITOS ANOS ATRÁS)

Este livro foi muito importante para eu entender que não tinha nada de errado comigo, que eu pertencia, de certa forma, a um mundo possível. A história "Por que não consigo gostar dela?" colocou meus sentimentos em palavras e me deu coragem para dar os primeiros passos na minha autoaceitação.

Representatividade é muito importante, saber que existem outras pessoas como nós por aí - pessoas que podem ser bem sucedidas, que podem andar de mãos dadas em plena luz do dia e falar abertamente sobre quem são - faz muita diferença para um jovem que está confuso e não tem o apoio necessário em casa.

Enquanto eu pensava no que escrever para este depoimento, me lembrei de todas as vezes que fui pro Rio de Janeiro nas minhas férias, ou que viajei com minha tia e suas amigas. Nossa! Como aquilo foi importante pra mim e o quanto eu esperava pelas minhas férias, porque lá eu sabia que era aceito e me sentia em casa, me sentia respeitado por ser como era, na verdade, como sou.

Então eu queria dizer muito obrigado por tudo que você fez por mim, Anna. Fez muita diferença na minha vida.

**LAYLA RAMOS CAMPÊLO**
ESTUDANTE DE PSICOLOGIA E FILHA DA ANNA CLAUDIA RAMOS

Não sei bem como colocar em palavras pra explicar o que é ser filha da minha mãe. Fez alguma diferença na minha vida a orientação sexual dela? Sinceramente, não! O que importa sempre pra mim é a felicidade da minha mãe. Amor é amor de todas as formas e não há forma errada de amar! Ter uma mãe LGBTQIA+ me enche de orgulho, quer saber por quê? Porque ela tem coragem de ser quem ela é em sua essência! Quantas pessoas não têm essa coragem? Eu amo a minha mãe e a pessoa que ela é, independente de qualquer coisa no mundo. Eu tenho orgulho dessa mulher incrível e poderosa.

**ELIAS RAMOS CAMPÊLO**
ADMINISTRADOR E FILHO DA ANNA CLAUDIA RAMOS

Me lembro até hoje de quando meus pais se separaram. Foi tudo tão estranho. Me perguntava: o que teria acontecido? Achava que pai e mãe viveriam juntos pra sempre, afinal na hora do casamento não tem que prometer que estará junto

até que a morte os separe? Vai ver tinha acabado o amor. Mas eu não entendia muito disso. Afinal de contas, o que é o amor?

O que eu sei é que há tempos minha mãe não andava muito feliz. O rostinho dela, sempre alegre e sorridente, tinha se transformado numa carinha tão triste. As lágrimas tão raras passaram a aparecer mais. O que será que ela pensava?

Sei que um dia, depois de uma briga, meu pai não voltou mais pra casa. Eles vieram conversar e falaram que amavam muito eu e minha irmã, e que sempre iam nos amar, e que sempre estariam ao nosso lado, mas eles não estariam mais juntos. Tinha acabado o amor mesmo. Pelo menos o amor de um casal. Mas eu continuava sem entender. Pra mim, amor era amor de pai e mãe, de casamento. Será que tinha outra forma que eu ainda não conhecia?

Depois de um tempo, eu comecei a perceber que minha mãe estava ficando mais animada. Parecia que ela tinha de certa forma acordado e era uma mulher diferente. Ela sempre foi muito inteligente e sabia de tudo. Mas parece que agora ela sabia mais dela e se conhecia mais. Foi como se minha mãe agora pudesse ser ela mesma. Não sei bem o que era isso, mas o rostinho dela voltou a ficar feliz e os sorrisos voltaram a aparecer. Eu gostava disso. Apesar de tudo, queria ver ela feliz.

Até que, um dia, ela me disse que iria apresentar uma pessoa especial. Bem que eu já desconfiava que tinha algum cara novo na vida dela. Fiquei super ansioso! Será que ele era legal? Será que ia gostar de mim e da minha irmã? Não via a hora de conhecê-lo. Até que minha mãe chegou com a amiga dela, a Tereza, e a apresentou pra gente. Ué, fiquei confuso! Era ela a pessoa especial? Mas eu achava que ela era amiga. Que tipo de amor era esse? Não conhecia. Mas eu adorei a Tereza! Ela era super legal e gostava muito de mim e da minha irmã. E o melhor de tudo era que, quando ela estava por perto, minha mãe ficava sempre feliz. E eu comecei a entender mais sobre este tipo de amor diferente.

Sei que a partir daí minha mãe começou a fazer cada vez mais coisas. Trabalhar mais. Escrever mais. Ela mudou mesmo. Eu pensava se tudo isso era por causa dessa amiga nova, ou minha mãe que descobriu outra forma de amor. Parecia um conto de fadas. Ou será que antes era um conto e agora ela estava vivendo a realidade? Às vezes me perguntava se ela só tinha descoberto esse amor novo agora, ou se sempre quis viver um amor desse tipo, mas por algum motivo não podia. Ou então não conseguia. Mas ela conseguiu, e pode! E parece que se permitir embarcar nesse amor novo fez com que de certa forma ela se libertasse de alguma coisa dentro dela mesma, sabe? Porque depois que ela descobriu essa outra forma de amar, descobriu novas formas de criar!

Com o passar do tempo, ela viveu outros amores, conheceu novas pessoas. E eu também fui pensando bastante, e entendi melhor sobre esse amor diferente. E

sabe o que acho? Que na verdade não existe um amor diferente. O que existe é amor! Seja de homem e mulher, homem e homem, mulher e mulher... Enfim, acho que o amor pode se manifestar de diferentes formas! Não existe só uma forma de amor e de amar. Acho que na verdade o que importa mesmo é ser feliz! Independente de como, e com quem, você precisa é encontrar aquela forma de amar que vai te fazer mais feliz! E encontrar aquela pessoa especial que faz com que todos os dias sejam felizes ao lado dela.

Tem uma forma de amor que eu entendo bastante, que é de mãe e filho. Uma coisa que tenho certeza é que minha mãe sempre me amou, e eu sempre amei e vou amá-la. Acho que esse amor de mãe e filho é incondicional sabe? Se tem uma coisa que sinto é orgulho e gratidão de ser filho dela, e poder ter passado todo esse tempo com ela, sempre aprendendo, sempre vivendo, sempre amando. Sempre por perto!

## CLÁUDIA REIS
PROFESSORA DO COLÉGIO PEDRO II E ATIVISTA

Sair do armário é uma expressão comum entre nós, LGBTQIA+. Sair do armário é assumir sua orientação sexual publicamente e, sem dúvida, torna-se importante para que outras pessoas, sobretudo jovens, vejam, percebam, sintam, compreendam que há diversidade nas orientações sexuais. Mas quantas vezes é necessário sair do armário?

Aos nove ou dez anos de idade, muito menina, ia eu contente andando pela calçada para mais um dia de aula, em uma escola pública municipal, em um subúrbio carioca. Início da década de 1980. Eu toda trabalhada na modinha da época: camiseta de malha branca e azul com a marca da prefeitura da Cidade do Rio de Janeiro, calça de helanca azul marinho, com duas listras brancas na lateral das pernas e um tênis preto (conhecido como Kichute) com travas nas solas, semelhante a uma chuteira, devidamente amarrado na canela. Do outro da rua, um grupo de meninas de uma série mais avançada riam, cochichavam e, de repente, passaram a me atirar pedras e bradar em alto e bom tom: "Sapatãããããooo!!". Entre desviar de uma pedra ou outra e correr para o abrigo da escola, eu olhava para meus pés e pensava: "Por que me chamam de sapatão? Calço 34 como toda criança da minha idade." Antes que eu mesma percebesse meus desejos, minha homoafetividade, minha orientação sexual... fui arrancada do armário.

Só muito tempo depois fui compreender o tamanho daquela violência e o que exatamente aquele grupo de meninas, centrada na heteronormatividade vigente, queria dizer. Mas essa foi apenas a primeira vez. Nós, LGBTQIA+, somos "convidades" a sair do armário muitas vezes na vida. Cada vez que "descobrem"

ou declaramos nossa orientação sexual é uma nova saída do armário com todos e prós e contras que essa informação ainda carrega. Você sai do armário na família, para os amigos, no seu local de trabalho, na organização religiosa a qual pertence e por aí vai. Essa cobrança é um dos pontos que nos diferencia, na vida cotidiana, de quem atende as normas vigentes. E vou lhe dizer... é muito cansativo. Embora visibilidade seja um dos pontos de pauta de quem compreende sua sexualidade como meio de militância, cansa.

Imagina, você está na manicure e ouve: "Seu namorado não reclama de você manter essa unha sempre curtinha?". Você vai comprar uma lingerie mais ousada e a vendedora toda simpática, lança na sua bochecha: "Nossa! O boy vai ficar louco com esse modelito!". Ou você recebe um fornecedor de serviço em sua casa e, via de regra, escuta: "Não é melhor eu conversar com seu marido sobre o tipo de carrapeta melhor para esse serviço?" E, confesso, às vezes dá uma preguiça, um cansaço e, por vezes, até um medinho de ter de explicar tudo mais uma vez sobre sua sexualidade.

Ah! E ainda tem outra categoria: a saída renitente do armário. Como funciona? Você fala para sua família todinha que assumiu um relacionamento lésbico, por exemplo. Casa com uma mulher. E, toda vez que aquela sua tia se refere a sua companheira, faz questão de mencionar a sua "amiga". E lá vai você lembrar que não se trata de sua amiga, mas de sua companheira, mulher, esposa ou qualquer nome que legitime seu casamento.

Enfim, sair do armário não é um movimento único e também não pode ser realizado em via de mão única.

## JULIO LANCELLOTTI
PADRE

Pode ser chocante e desconfortável, mas é a verdade. A cada dia é mais urgente abandonar a minha vaidade e orgulho. Reconhecer que preconceitos estruturais que carrego prejudicam vidas, contaminam a sociedade e destroem a dignidade de pessoas que sequer conheço. Reproduzindo comportamentos, emitindo opiniões ou descuidando ao me comunicar com o mundo: de alguma forma já tive comportamento LGBTFóbicos ao longo da vida. Assim, assumo que sou um LGBTFÓBICO EM DESCONSTRUÇÃO e começo já o meu trabalho de transformação. Esta é uma iniciativa humanitária do movimento "EM DESCONSTRUÇÃO", que luta para combater e conscientizar sobre preconceitos estruturais.

## MURILO RIBEIRO
JORNALISTA

Cresci nos anos 80, no subúrbio do Rio. Família imensa, daquelas que se reunia todo final de semana para o almoço na casa da vovó. Uma família amorosa, tradicional. De todas as seis filhas da minha avó, minha mãe é a única que precisou desfazer um casamento. Rompeu essa barreira nos anos 70 do século passado, quando o desquite ainda era sinônimo de escândalo. Casou-se de novo, desta vez com meu pai, e teve a chance de formar sua família. Ela, doméstica. Ele, estivador. Eu, filho único, cresci num lar cheio de amor e afeto. Até que, quando tinha 10 anos, o coração do seu Ernani falhou, roubando papai de nós...

Naquela madrugada de 27 de dezembro - a mais longa da minha vida - ouvi várias vezes que, dali em diante, eu seria o homem da casa. Não sei bem explicar como, mas o fato é que estas palavras passaram a guiar a minha vidinha de garoto. Acompanhava minha mãe quando ela precisava ir ao banco, decorava senhas, operava caixas eletrônicos, preenchia guias de depósito e saque - num tempo em que isso não era tão automatizado quanto hoje em dia. Aos 11, eu era um rapazinho. Já estava ciente de como a vida pode ser dolorida, mas protegido dessas dores pelo amor que minha mãe e toda a minha família sempre cuidou para que não me faltasse.

O que faltava, e eu nem sabia, era contato com uma palavrinha que eu só fui aprender a valorizar muitos anos depois, já adulto: diversidade! Cresci num meio em que não havia pessoas LGBTQIA+. Quer dizer: os únicos homens gays de que se tinha notícia eram artistas famosos e cabeleireiros. Trans eram figuras muito distantes, que a gente nem reconhecia por esse nome. Mulheres lésbicas, então, ainda mais raras. Sobre todos, os olhares eram sempre de escárnio. Não me lembro de alguém da família desrespeitar ou ser preconceituoso com algum amigo "bicha" nas raras vezes em que eles apareciam na casa da vovó. Mas, quando isso acontecia, eles sempre ocupavam um lugar de destaque; eram o centro das atenções. Parecia que estavam no mundo para divertir os demais.

E esse não era um defeito da minha família: nos anos 80 e 90 do século passado era assim! E rir das pessoas LGBTQIA+ era só parte de um mecanismo invisível que as empurrava para as margens do convívio social. Naquela época o preconceito era tão grande que todo mundo repetia padrões de comportamento pra lá de questionáveis, e isso acontecia por toda parte: na TV, nas ruas, nos clubes, nos meios de transporte, nas praças, nas escolas. Era assim que a sociedade tratava quem reconhecia como diferente. Eu não entedia a razão...

E descobri o motivo lá pelos vinte e poucos anos: eu era exatamente como aqueles amigos das minhas tias: um cara que gostava de outros caras. Quando percebi isso, realizei que, ao contrário do que tanta gente imaginava - e eu

mesmo pensava, lá na infância - eu era uma pessoa como outra qualquer: que tem amigos, família, colegas de trabalho, se apaixona, tem direitos e deveres como qualquer cidadão...e que, exatamente por ser como qualquer cidadão, merece respeito. E tem direito a ser feliz.

Não sabia de nada disso lá pelos meus 10 anos. Hoje, perto dos 40, celebro a existência de livros como esse. Não para ensinar alguém a ser o que não é - algo que é impossível, claro! Mas para que ele ensine a tantos quanto for possível como não ser. E tudo de que o mundo não precisa hoje em dia é de gente disposta a ser preconceituosa.

## EDUARDO MACIEL
ARTISTA

Me chamo Eduardo Maciel. Além do meu trabalho no mercado corporativo e dos diversos trabalhos que faço na arte (@eduardomacielartes), sou casado com um homem e tenho dois enteados, meus kiddos, que meu marido teve durante o seu primeiro casamento, com uma mulher. Formamos uma bela família, nós quatro e os quatro gatos, sem dúvida. Mas enfrentamos também todas as dificuldades que um casamento homoafetivo com crianças no meio pode encontrar.

No início do relacionamento, quando começamos a namorar, eu era apenas o tio Edu, amigo do papai, para os kiddos. Enquanto íamos formando a base da nossa relação, de forma madura, leve e serena, fomos nos preparando para o momento em que o meu marido se sentisse seguro para sair do armário para família e amigos. Mas as crianças anteciparam um pouco esse processo, com a curiosidade e perspicácia pueril: fizeram a tal pergunta, sobre sermos apenas amigos ou algo mais. Sem hesitar, falamos a verdade.

A aceitação tem sido boa: deixei de ser o tio Edu e passei a ser o Tchédu (acho que subi de nível), e com eles não tivemos problemas, mesmo depois de nos casarmos e passarmos a morar todos juntos (já que eles passam mais tempo conosco do que com a mãe).

E por falar nela, fiz questão, antes de prosseguirmos com a ideia do casamento, de conhecê-la pessoalmente, porque, me colocando no lugar dela, eu bem que iria gostar de saber quem é a pessoa que passaria a conviver com os meus filhos.

E assim foi feito. Sem maiores traumas. Família e amigos? Todos acolhedores perante essa, digamos assim, nova configuração.

Mas ainda assim tenho medo. Medo de sermos de algum jeito responsáveis por constrangimentos na vida das crianças durante a adolescência, que é uma fase tão complicada, e medo de falhar de alguma forma nesse meu papel de apoiar o pai deles na importante tarefa de educar as crianças para serem pessoas boas no futuro.

Meu casamento tirou de mim diversos medos anteriores, mas me trouxe alguns outros. Sinto que estamos (nós que nos vemos representados na sopa de letrinhas que definem a causa) vagarosamente avançando, mas me entristece demais ter a sensação de que, por mais que haja avanços, sempre terei medo em razão direta da minha orientação social.

Os tempos mudam, a nossa vida muda, a sociedade pode até mudar. Exceto o medo, medo até de não mais ter medo. Esse não muda: se transmuta, mas creio que sempre estará aqui dentro do meu peito, como um lembrete para estar sempre alerta. E hoje não só por mim. Mas pela linda família que eu e meu marido construímos.

**CARINA ÁVILA**
JORNALISTA

Uma vida inteira acreditando que eu ia pro inferno. Uma vida inteira sendo ensinada que amar quem eu amo é pecado mortal. Rezando e pedindo pra que Deus me deixasse ser feliz ao lado de quem mais me faz feliz. Sempre com medo de que Deus estivesse triste comigo. Me sentindo indigna e culpada. Com medo de que as pessoas se afastassem de mim quando soubessem quem eu amo. Que me julgassem, me menosprezassem, me atacassem. Com medo de não conseguir emprego. De ser a maior causa de sofrimento da minha família. Tentaram me levar pra tratamentos de "cura", porque diziam que amar quem eu amo era desvio, não condizia com os "planos de Deus pra mim", que eu era uma alma perdida. Não poder andar de mãos dadas nas ruas sem receber olhares maldosos. Esconder meus relacionamentos, não poder beijar em público. Por isso, comemorar o dia do orgulho é tão especial pra mim. Libertador. Acreditar que Deus me ama do jeitinho que eu sou e que tá tudo bem ser assim. Ter pessoas incríveis que me acolhem e me fazem me sentir muito, muito amada. Que me ensinaram que não sou doente. Pessoas que são colo. Que são festa, alegria. Como é um alívio parar de ter tanto medo de passar a eternidade em sofrimento no inferno apenas por amar. Amar verdadeiramente. E me amar também. Ter orgulho de quem sou. Hoje, mesmo se eu pudesse escolher, continuaria sendo assim: bem sapatão.

**PAULINHO MOSKA**
ARTISTA

A criação de todo tipo de material literário para a conscientização popular sobre a realidade dos gêneros, especialmente para adolescentes, é fundamental e urgente. Todos os meus amigos homossexuais (e não são poucos) viveram a mesma história na infância e juventude: uma confusão existencial e sentimental

em relação ao que "deve ser" em oposição ao que realmente se sente. O Dr. Dráuzio Varella uma vez escreveu um texto sobre a "epigenética" (epi = em torno, em volta de), processo bioquímico que acontece ao redor da fecundação de uma vida dentro do útero. O que nos define é resultado de uma variedade de combinações. A epigenética é como um líquido que envolve a definição das nossas características biológicas. A textura do cabelo, o formato dos ossos, a cor dos olhos, o jeito de andar... e também a sexualidade, que não seria diretamente ligada somente ao órgão sexual, mas a todo um processo metabólico consequente dessa "mistura" entre códigos de DNA oriundos do pai e da mãe, banhados pela bioquímica dos dois. No texto, Dráuzio explica que a "forma" resultante nem sempre reflete exatamente seu "conteúdo", no sentido de que há também infinitas variáveis genéticas no grau de masculinidade ou de feminilidade entre os dois gêneros. Isso significou pra mim que a homossexualidade é tão natural e possível quanto à heterossexualidade. A natureza é a grande responsável, e não o caráter ou o desvio de conduta. Li uma entrevista de Renato Russo em que ele dizia que "ser gay é como nascer hétero e ser obrigado pela sociedade a namorar alguém do mesmo gênero". Quem suportaria?

## ADEILSON SALLES
ESCRITOR E PALESTRANTE

Quando fiquei grávido de uma filha trans.

Eu andava pelo mundo falando para os pais que eles precisavam prestar atenção nos seus filhos, mas foi justamente essa a parte do meu discurso que me trouxe a realidade. Confesso que como a maioria dos pais eu só prestava atenção naquilo que entendia ser importante para que um filho fosse feliz, segundo os padrões tidos como normais. Mas aprendi que não podem existir padrões de normalidade coletiva, quando o ser individual não é feliz consigo mesmo.

Então eu percorria escolas e no contato com crianças e jovens fui descobrindo o diverso, o "diferente", que hoje sei que é normal. Diferente era eu que sofria de um daltonismo moral e limitante. E foram as crianças e jovens que foram colorindo a retina da minha alma para que eu enxergasse um mundo mais bonito. Meu discurso foi mudando e me felicitando por ter a fala alinhada com a vida. E foram tantos os garotos e garotas que me procuraram pedindo acolhimento emocional que fui me sentindo um pouco pai de todos. Meninos e meninas homoafetivos, garotos e garotas trans, que se sentiam desembarcados de naves espaciais, porque eram vistos como extraterrestres, rejeitados dentro de suas próprias casas. E, sendo um pouco pai de todos, descobri o pai que não tinha sido para meus próprios filhos. Mas o que podia fazer, já que o tempo havia passado e meus filhos haviam crescido?

O tempo foi passando e fui reafirmando meu discurso plural e acolhedor. Uma lição que aprendi é que a vida em algum momento vem te convidar a colocar em prática os discursos reafirmados e decantados durante a vida. E foi assim que, numa manhã, recebi uma ligação do meu filho na qual ele me disse que estava submetido a tratamento psiquiátrico porque havia se aceitado como mulher trans. Após a notícia, um silêncio em minha alma: fui asfixiando a herança da educação machista e preconceituosa que recebi na minha infância. As primeiras palavras que proferi, já me sentindo grávido, foram: "O que isso muda no amor que sinto por você? Eu te amo!" O silêncio agora era do outro lado da linha, pude ouvir a quietude da alma dela gritando. Coloquei a mão sobre o meu coração e constatei que ele se dilatara. Estava grávido, mas não da forma social. Agora eu teria a oportunidade de gerar dentro de mim a essência espiritual que pedia para nascer e ser acolhida por mim. Me dei conta no meio daquele turbilhão de emoções que precisava pedir perdão. E disse: "Me perdoe, ando pedindo aos pais por onde ando para prestarem atenção em seus filhos, e parece que não prestei atenção em você". Ele, que jamais foi de frequentar qualquer pratica religiosa, revelou-se um cristão de verdade me dizendo que eu não precisava pedir perdão, porque ele me entendia perfeitamente. Nos despedimos, e pude sentir enjoos e tonturas típicas de uma gravidez, a gestação era real e a partir do dia seguinte comecei a exercer minha nova paternidade.

Logo pela manhã enviei uma mensagem de bom dia e já substitui o artigo masculino definido "o" pela letra "a". E soou da minha alma o meu primeiro: Bom dia, filha! Depois, boa tarde filha, boa noite filha, como vai filha...

Tive dificuldades para dormir por quinze dias aproximadamente, mas não porque tinha uma filha trans, pelo contrário; na verdade, tinha medo do que o mundo podia fazer com a minha filha. Fui vencendo o medo e a gravidez não corria riscos. Sofreria o aborto espontâneo da ignorância, muito menos rejeitaria a gravidez. Eu era um pai grávido. Por obra do "espírito santo", o anjo Gabriel me visitou num sonho e disse que os pais não devem rejeitar seus filhos nunca. O anjo Gabriel me falou com sua voz angelical que aquela filha que era gerada em meu coração era filha de Deus.

E foi assim que me senti pai de verdade, sem máculas e exigências para que minha filha atendesse as minhas expectativas, me fazendo sentir confortável dentro do mundo dos outros.

Agora havia aprendido que ela precisava se sentir confortável dentro do mundo dela e que eu deveria apenas segurar a sua mão. Quando fui encontrá-la pela primeira vez em sua forma feminina levei flores para ela, escrevi um cartão falando do meu amor. Escolhi os mais belos botões e subi onze andares pelo elevador em trabalho de parto. Contrações intensas na minha alma dilatavam meu ser para que ela viesse ao mundo plena e saudável, como veio.

O elevador parou e caminhei em direção à porta do apartamento, tocando a campainha. A porta se abriu e, ao me ver com as flores nos braços, ela caiu em pranto; essa coisa de mulheres.

Da minha parte, a bolsa de lágrimas amnióticas rompeu e lavou minha alma. Nos abraçamos e ela nasceu num parto sem dor e rejeição. Ela foi crescendo e se sentindo cada vez mais forte.

Hoje ela anda pelo mundo das próprias escolhas, sendo feliz. O caráter não mudou, segue como um ser humano íntegro e produtivo. A condição sexual, a cor da pele, o uso de piercings e tatuagens não define o caráter de ninguém.

Hoje ando pelo mundo contando a minha história, me tornando pai de muitos órfãos homoafetivos e trans, rejeitados pela família, infelizmente.

Quanto ao anjo Gabriel, de vez em quando ouço sua voz em meu ouvido: "Acolhe os filhos de Deus, amando a essência de cada um".

## DAVID IGOR REHFELD
ADVOGADO JUDEU E ATIVISTA PELOS DIREITOS LGBTQIA+

Me entender enquanto gay não foi um processo fácil. Por mais que, no fundo, eu soubesse desde criança a minha orientação sexual, eu não a entendia. Eu sabia que tinha algo de diferente do padrão que me era imposto, mas não compreendia com clareza o que isso significava.

Eu cresci em um ambiente totalmente heteronormativo. Todas as referências do mundo adulto que eu tinha eram de pessoas heteros: casais de amigos dos meus pais; pais de amigos da escola; professores; monitores do movimento juvenil. Essa falta de referência fez o processo ser muito mais difícil. Acredito que a geração atual de crianças, graças a muito ativismo e esforço nos últimos anos, já pode crescer rodeados por outras referências que, em maior ou menor medida dependendo do contexto, mostram o mais lindo que existe na sociedade: a diversidade.

Para os jovens leitores desse livro que estão passando por esse processo, saibam que não tem absolutamente nada de errado em ser LGBTQIA+. Não podemos deixar de sermos nós mesmos para agradar aos outros. Não existe caminho certo para a felicidade, mas acredito que o primeiro passo é a autoaceitação. Mas o mais importante de tudo é: saiba que você não está sozinho. Há uma enorme rede de apoio e acolhimento. Porque no final das contas, estamos falando sobre amor, afeto e empatia e isso é o que realmente importa.

## GEORGINA MARTINS
ESCRITORA

– Mãe, eu queria tanto ser menina.
– É mesmo, meu filho?
– Eu queria ser menina pra poder passar batom, você deixa eu passar batom?
–Você tem asma, não pode usar batom, pode lhe fazer mal... mas você queria ser menina só para isso? Hoje em dia não vemos por aí os homens usando batom, mas quem sabe quando você crescer isso já não se tornará uma coisa comum? Antigamente os homens não usavam brincos e agora usam, não é? Se isso acontecer mesmo, você não vai precisar ser menina, não acha?

Essa conversa já tem 24 anos, por isso não me recordo com exatidão da resposta do Camilo à minha pergunta sobre a manifestação do seu desejo de tornar-se uma menina; no entanto, tenho a certeza de que naquele momento, do alto da sabedoria dos seus quase três anos de idade, meu filho já dava sinais de que outras tantas conversas como aquela seriam extremamente importantes, não só para a construção de sua identidade de gênero, como também para iluminar os incertos e muitas vezes espinhosos caminhos que a função materna me obrigava a trilhar.

Ainda que eu soubesse que seu manifesto desejo pelo batom, assim como sua preferência por brincadeiras tradicionalmente reconhecidas como sendo de menina, bem como seu fascínio por tudo que pertencia ao universo feminino, não necessariamente se configurassem em índices que o aprisionassem para sempre a uma identidade feminina – principalmente pelo fato de tudo isso se manifestar em tão tenra idade –, algo da categoria do inefável alimentava minha certeza de que Camilo seria gay. Em função disso comecei a me preparar junto com ele para os conflitos que teríamos de enfrentar.

Muito embora eu não desconsidere as diversas opiniões acerca da origem da identidade homoerótica, como aquelas que defendem ser essa identidade uma construção cultural, tenho por convicção que meu filho nasceu gay. Constatação que não utilizo como único parâmetro para refletir sobre as diversas identidades homoeróticas existentes, sobretudo por conta dos mais variados matizes que modulam essa questão. Na verdade, a meu ver, saber a origem do homoerotismo, necessidade tão cara a vários cientistas, tem contribuído muito pouco, ou quase nada, para municiar a luta constante contra a violência diária a que estão expostas as pessoas LGBTs em todo o mundo.

Diferente das crianças que tiveram de enfrentar o preconceito e consequentemente a violência física e verbal dentro da própria casa – situação determinante para a construção de uma identidade frágil e muitas vezes desestruturada –, Camilo, em todos os momentos em que foi obrigado a enfrentar

os conflitos que se colocavam entre ele e as outras crianças com as quais se relacionava, poder contar com a compreensão e o acolhimento de sua família, o que julgo ter sido muito importante na construção de sua personalidade.

Um dos primeiros problemas que Camilo teve de enfrentar por conta de sua admiração por tudo que dizia respeito ao universo feminino, foi aos seis anos de idade, ocasião em que começou a cursar o primeiro ciclo do nível fundamental de ensino. Logo na primeira semana de aula, sua identificação com as personagens femininas das histórias que a professora lia para a turma foi posta em xeque de maneira um tanto desrespeitosa, o que demonstrou o total despreparo da referida profissional e, consequentemente, da escola para lidar com a questão que se apresentava.

Alegando o fato de que ele era um menino e não uma menina, a professora o impediu de ser a bruxa de uma história que estava sendo construída coletivamente com a turma, oferecendo, como solução para o impasse, que ele exercesse o papel de bruxo e não de bruxa. Tal solução, para alívio da professora, foi acatada por ele sem nenhum questionamento, penso eu que em função de sua pouca intimidade com aquele espaço. No entanto, ao chegar em casa, a questão, aparentemente resolvida, voltou a incomodá-lo, e para resolvê-la ele solicitou que eu lesse a tal história substituindo a palavra bruxo por bruxa, uma vez que sua identificação era com a bruxa e não com bruxo.

Diante de tal situação procurei a escola para esclarecer que Camilo poderia ser o que quisesse ser: bruxa, bruxo, fada, príncipe ou princesa, e que a equipe da escola deveria não só estar preparada para lidar com essa questão, como ainda garantir que ele fosse respeitado e acolhido pelos amigos, independente do papel que quisesse exercer nas histórias ficcionais trabalhadas pela escola. Felizmente, para minha surpresa, a direção da escola assumiu seu despreparo para lidar com o assunto e se prontificou a buscar soluções no sentido de instrumentalizar toda a equipe para que coisas como aquela não ocorressem mais. Dentre essas soluções, estava posto um convite para que eu ajudasse nesse processo de reflexão sobre o tema, o que acabou por proporcionar a minha inserção no corpo docente daquele estabelecimento de ensino, lugar onde atuei por cinco anos.

Foi a partir dessa experiência que comecei a pensar em como promover essa reflexão também entre os alunos e seus pais, o que me levou a escrever um livro de ficção para crianças: O menino que brincava de ser, publicação muito elogiada, mas até hoje muito pouco adotada nas escolas.

**GLORINHA LATTINNI**
MUSICISTA

Desde criança lembro que minha mãe convivia com diversos tipos de pessoas, normalmente, tratando-as sempre com respeito e de forma digna. Dentre elas estavam homossexuais, heterossexuais, pessoas de cores de pele diversas, indígenas e de condições sociais humildes ou bem de vida. Para mim esse sempre foi o normal das coisas. Fui crescendo nessa paisagem e de minha mãe aprendi que, desde que as pessoas sejam do Bem, todas são boas, independente das escolhas pessoais de cada um, cor de pele ou condição social. Se o Bem é o caminho das pessoas, esse caminho deve prosseguir o seu propósito, afinal todos somos milagres divinos.

**GRAÇA CASTRO**
PROFESSORA E LEITORA-VOTANTE DA FNLIJ

Um convite feito por Anna Claudia Ramos para entrar num livro torna-se impossível de não ser aceito. Debater sobre o direito de amar e viver sem medo por ser LGBTQIA+ é um exercício contra a o preconceito. Mergulhando em minhas memórias de 59 anos de existência, fui me encontrar com as pessoas que cruzaram meu caminho e que me fizeram perceber, pelo amor, que as relações "não tradicionais" e reconhecidas socialmente não representavam a totalidade do amor entre as pessoas. Não nos apropriarmos de termos que traduzam preconceito, foi e é um aprendizado constante. Meus filhos foram criados na diversidade necessária para encarar a natureza da própria sexualidade e serem felizes. Mas a referência repressora, intolerante e preconceituosa precisou ser cotidianamente trabalhada diante da ocorrência de fatos na escola, na família e no convívio social. Para que tenhamos uma sociedade mais justa é preciso representá-la em sua totalidade e a literatura pode fazer isso.

**IZABEL CURY**
DIPLOMATA LGBTQIA+

Os contos de Anna Claudia Ramos e Antônio Schimeneck prestam sua contribuição à literatura infanto-juvenil brasileira contemporânea pelo que são: boas histórias! Em um país com trágicas estatísticas de violência homofóbica e transfóbica, a temática LGBTQIA+ precisa fazer parte do cotidiano de nossas crianças e jovens exatamente dessa forma: natural, despretensiosa, por meio de histórias bem contadas, que fisguem o jovem leitor e mostrem a ele a humanidade contida em cada um dos personagens. Qualquer garoto ou garota, LGBTQIA+ ou não, poderá se identificar

com os sentimentos e os dilemas vividos por meninos e meninas dessas histórias. Se abordar os preconceitos que envolvem a condição das pessoas LGBTQIA+ é inevitável – e necessário, pois somente assim é possível combatê-los para superá-los –, os autores têm o mérito de fazê-lo de maneira delicada e habilidosa. Àqueles que tiverem a sorte de ter este livro em mãos, boa leitura!

## JEAN PAUL
CRIADOR DE CONTEÚDO DIGITAL, COMUNICADOR ESPÍRITA E ATIVISTA LGBTQIA+

Eu me chamo Jean Paul, homem cisgênero, homossexual e espírita. Crescer num ambiente religioso nem sempre é fácil, pois ele é, geralmente, cheio de preconceitos enraizados da nossa cultura que, mesmo num ambiente onde se prega o amor incondicional e igualitário, se faz presente. Ao sair do armário, o que se fez presente não foi a exclusão e a intolerância, mas esse preconceito velado e enraizado.

Durante muitos anos, tive dificuldade de me compreender em totalidade. Carreguei certa culpa pela homossexualidade e acreditava que para mim não haveria lugar na religiosidade, mesmo sem nunca ter me afastado totalmente daquilo que o Espiritismo me ensinou e ainda ensina. Após algum tempo, já vivendo minha vida de modo independente, é que a compreensão de quem eu sou começou a fazer sentido para mim e, dessa forma, pude reconciliar comigo mesmo. Assim foi que abracei a causa da sexualidade e do Espiritismo enquanto propósito de vida: iniciei o trabalho de falar sobre esses temas para outras pessoas que, assim como eu, ainda carregam ou carregavam esses atavismos presentes na nossa sociedade e que nos fazem sentir vergonha de quem somos.

O corpo LGBTQIA+ é o corpo de Cristo: perseguido, machucado, torturado e morto. Cada pessoa LGBTQIA+ recebe uma cruz para carregar quando as pessoas cisgêneras e heteronormativas começam a marginalizar este corpo como diferente, portanto, estigmatizado, condenado, culpabilizado. As crenças limitantes e os atavismos que são incutidos na nossa vivência enquanto LGBTQIA+ são a cruz da culpa que querem que carreguemos por sermos quem somos. Contudo, a exemplo do Cristo que teve seu templo profanado, reconciliemos com quem somos, restabelecendo a graça à nossa condição de criaturas divinas possuidoras de luz tanto quanto qualquer outrem e, como Ele, neguemos a morte à qual querem nos condenar. Ressuscitemos em luta e amor para o estabelecimento da verdadeira fraternidade e solidariedade entre todos, todas e todes.

Se você está se percebendo LGBTQIA+, quero que entenda uma coisa: VOCÊ É INCRÍVEL! Você pode e deve ser quem você é em todo lugar! Você não está só! Quanto antes você entender isso, mais fácil será. Procure se compreender, se conhecer e se amar e aí o caminho vai ficando cada vez mais fácil. Conte comigo! @umgayespirita

## JOSÉ MAURO BRANT
ATOR, AUTOR, DIRETOR TEATRAL E CONTADOR DE HISTÓRIAS

Ser adolescente descobrindo a sexualidade no início dos anos 80 não era uma tarefa muito fácil. Vivíamos numa sociedade que saía de uma ditadura onde tudo era velado e o que se via na cultura midiática da época representava pouco do que seria a realidade homoafetiva. Os poucos gays que apareciam na TV ou era personagens ligados à moda: "aquele costureiro que desenhava nos programas matinais", aquele cabelereiro das estrelas ou aqueles personagens que desfilavam seus trajes riquíssimos nos concursos de fantasias transmitidos durante o Carnaval. Ser gay era associado a imagens afetadas e carnavalizadas que até me provocavam fascínio, mas não posso dizer que me identificasse com elas.

Não. Não nos víamos nas novelas, nos livros nem convivíamos com ninguém que tivesse "assumido" - palavra que já guardava em si um preconceito, como se revelar a sua sexualidade fosse a confissão de um crime. Na bolha da minha infância, quando ouvia falar de alguém que fosse gay, em geral alguém distante, filho de alguma vizinha, era sempre em voz baixa, com um certa ar de pena. Era como se falassem sobre alguém condenado a não ter direito à felicidade.

Mesmo assim, na arte aprendi muitas lições, o que me lembra uma história da minha mais tenra infância. Foi numa festa de família. Eu e um grupo de crianças começamos a brincar de imitar os cantores da época. O meu favorito era aquele que tinha a voz aguda e rebolava sem medo nos programas de auditório. Eu dançava feliz na minha inocência de criança, afinal já tinha visto meu comediante predileto imitando o mesmo cantor nas trapalhadas noite de domingo. Mas o preconceito é um bicho sorrateiro que aparece de onde menos se espera. Alguém, uma voz masculina, gritou na sala:

– Imitando o viado, viadinho!

Eu era tão menino que nem tinha repertório pra me ofender com o que eu ouvia, mas minha mãe, na hora, levantou a voz pra me defender, digo, me defender não, defender o cantor que eu imitava, defender a arte:

–Viado não, ele é um artista!

E foi a voz que prevaleceu. Poderia ter ficado a outra, a do preconceito. O preconceito é um mal que se aprende, e se aprende cedo. Mas naquele momento, que hoje me parece decisivo da minha existência, fiz minha escolha diante da lição, tão preciosa, que eu já intuía enquanto dançava inocente: não importava se o cantor era gay ou não, importava a sua arte, sua voz sobrenatural que evocava superstições que me encantavam e me enchiam de medo. Medo e fascínio.

E foi assim que o assunto, tão distante, foi se aproximando de mim, com medo e fascínio.

Tentava viver a vida heteronormativa que me era destinada. Jogava futebol nas aulas de Educação Física, mas, minha pouca habilidade me fazia vítima de um bullying cotidiano... Medo! Comprava escondido as revistas masculinas pra ver as atrizes nuas, mas me detinha mais longamente nos anúncios de cuecas... Fascínio. Os sinais eram claros. Mas como me aceitar se continuava não vendo, no mundo ao meu redor, uma história em que eu pudesse me espelhar, que ajudasse a me entender?

Mas, de repente, surgiram Cazuza e Renato Russo quebrando todos os estereótipos. Fascínio.

E veio a pandemia, não essa que vivemos hoje, mas aquela que era chamada de câncer gay. Medo. Ser adolescente, gay, descobrindo a sexualidade no início dos anos 80 não era uma tarefa fácil. Pedi socorro. Alguns meses de terapia pra ver se vencia todas as culpas, medos e fantasmas que vinham de brinde com a ideia de aceitar aquele sentimento. Já não buscava só uma imagem externa e sim algo dentro de mim... que já pulsava. Mas como verbalizar o inominável? E aí vieram os poemas de García Lorca, as canções de Cole Porter, as peças de Mauro Rasi, os contos de Caio Fernando Abreu... Fascínio. Era a arte me salvando, me dando alento, me trazendo novos amigos, novas histórias, novas famílias. Encontrei a minha turma, conheci pessoas em outros estágios de aceitação. E veio o primeiro amor. O amor com sua disciplina vinha organizar quase tudo que ainda estava fora do lugar. Quase... Porque ser um pós-adolescente gay, nos anos 80, não era tarefa nada fácil.

As culpas e medos ainda pulsavam em mim e, além do mais, as histórias familiares dos meus semelhantes nem sempre eram felizes. Muitos brigados ou fugidos de pais que não aceitavam a sua sexualidade. Muitos até tentavam se abrir, dividir, mas não encontravam ouvidos nem acolhimento em famílias que não davam conta de se aproximarem do assunto. A famosa falta de empatia. Talvez falta de amor.

Assim, era um consenso da época de que o certo era ter uma vida dupla: aquela social, que se mostra, e a vida secreta, íntima. Achávamos que, por amor, não devíamos contar nada pra nossos pais a fim de poupá-los de carregar o nosso fardo. Mas essa é uma ideia que não dura muito. O amor de verdade não admite a mentira e oferecer ao outro, a alguém que se ama, só uma parte de si, é como presentear a filha com uma boneca sem braço, amputada em sua integridade. Isso não é amor.

Tive sorte. Minha mãe queria saber, e muito. Afinal, "as mães são as primeiras a saber e as últimas a acreditar". E foi um alívio quando chegou a hora do abraço franco. A hora do "eu te amo mesmo assim." Mesmo assim, seguiremos juntos. Assim, ficava mais fácil enfrentar nossos medos e eu teria para sempre o seu colo para os momentos difíceis. Agora eu já podia ser feliz.

Enquanto formos felizes e bem resolvidos no afeto, seremos sempre uma lição viva para os que precisam aprender a vencer o preconceito por falta de exemplos. Foi o que me fez tomar a decisão de como iria lidar com os meus sobrinhos em relação a minha orientação sexual. Decidi não esconder nada. E, quando cada um, na sua idade, quisesse saber, eu contaria com naturalidade, sem ênfases.

Minha sobrinha mais velha, com seis anos, perguntou um dia pra minha irmã se eu era gay. Ela respondeu na lata: "porque você não pergunta a ele?" Então, combinamos que num domingo levaria ela pra passear. Fui com meu namorado buscá-la em casa e logo que a pequena entrou no carro e sentiu a energia que nos unia, nem precisou perguntar nada. Naquela tarde todos as suas frases foram de aceitação, todos os seus gestos foram de acolhimento. Em uma tarde ela se aproximou sem traumas, e com muito amor, do assunto que levei anos pra chegar perto. Hoje repito a estratégia com a filha dela de 4 anos. Como eu já disse, o preconceito é algo que se aprende e se aprende cedo. A empatia também. E já deu tempo pra ter a certeza de que achei a melhor maneira de ajudar meus 9 sobrinhos a virarem adultos sem preconceitos.

Hoje parece que tudo avançou, já nos vemos nas novelas, nos livros, nos filmes e as novas gerações já sofrem as dificuldades dos anos 80. Mas a sociedade anda um passo pra frente e dois para trás. Nesse mundo tão diverso, pode ser que o caminho de alguém esteja ainda turvo. E então, algum pai, mãe, ou jovem, precisando se entender, possa encontrar algum alento nesse depoimento, sincero. Com todo amor.

## LIZA K.
CANTORA, COMPOSITORA E MUSICISTA

Entre 12 e 13 anos, me vi tomada por algo que não sabia explicar. O pensamento era fixo o dia todo por uma menina da escola. Ela ia e vinha no ônibus escolar e eu esperava todo dia. Esquecia de piscar o olho! Ouvia Djavan e inventava um jeito de me preencher com a imagem dela na música. Era um romance solitário e calado. Quando minha mãe me levava na praia o ponto era sempre em Ipanema, mas comecei a sugerir o Leme, bairro onde ela morava. Aceita minha proposta, ia feliz e ficava na areia procurando a menina que nem imaginava o que se passava. Sentia tudo em silêncio até que um dia resolvi criar coragem dizendo que tinha algo pra mostrar. Planejei alguns dias, ensaiei e marcamos na escada na hora da saída. Todos descem se despedindo, aquele alvoroço e eu e ela ali, paradas e caladas. Todo o resto dependia de mim pra começar. Ela me olhava e eu arrepiava pálida, mas tinha que agir. Sem me trair, cantei uma música do Caetano numa tacada só com a letra no gênero feminino:

"Ilê Aiyê como você é bonitA de se ver / Ilê Aiyê que beleza mais bonita de se ter /Ilê Aiyê sua beleza se transforma em você / Ilê Aiyê que maneira mais feliz de viver".

Ela ouvia sorrindo com os olhos atentos e eu tremendo. Acabei de cantar e o silêncio reinou no meio de todo o barulho em volta. Foi marcante. Ela disse: "Que lindo! Obrigada." E eu... e eu... ah e eu... voltei pra mim, pro meu sonho que era ela só em mim.

Minha mãe, muito intuitiva, percebeu minha empolgação durante aquele ano e me disse: "é melhor travar esse sentimento, pois você pode sofrer. Isso não é comum".

Não rendi com o assunto e aquilo foi ácido suficiente pra entrar de passagem pelos ouvidos.

Depois disso, tive outras paixões platônicas por mulheres, mas quis conhecer os meninos. A experiência valeu pra dizer: é só isso? Até que conheci minha primeira namorada com quem me relacionei de verdade e morei por 6 anos. Depois de 1 ano morando com ela, minha mãe me perguntou: "vocês são mais do que amigas, né? Pode me dizer, porque você sabe que eu te amo de todas as maneiras e quero te ver feliz." E choramos e choramos abraçadas e aliviadas.

## LUCIA PICANÇO
PINTORA E HISTORIADORA

Nasci e fui criada na roça. Não tínhamos acesso a informações sobre esse assunto. Era 1963. Ditadura militar. Eu me sabia diferente. Fui adolescendo mais diferente ainda. Uma menina muito menino. Minha dificuldade não foi em me aceitar. Aceitar o quê? Aquela menina era eu em mim. A adolescente que me tornei também era eu em mim. Mas não era bem assim que as coisas funcionavam. Descobri com os olhares e risinhos escondidos no canto da boca que era melhor eu me proteger. Tinha algo bem mais estranho no mundo do que uma menina que exalava em modos e andar uma coisa de garoto. Encontrei um esconderijo seguro dentro de mim para aquela que sou eu hoje. Uma mulher inteira! Isso não significa que calei a minha sexualidade naquela época. Pelo contrário, fui eliminando sarcasmos, olhares, falas homofóbicas usando uma arma poderosa. O conhecimento.

O mundo mudou muito. Então, o que falar sobre aceitação de sua natureza aos jovens de hoje? Apenas que toda forma de amor vale a pena, como diz a canção, é desconhecer o poder de destruição de um homofóbico. Portanto, penso que a melhor defesa é ter consciência dessa violência e não subestimá-la! Ir para o enfrentamento? Sim! Mas como, se essa doença chamada homofobia contamina até pessoas próximas a nós? Com conhecimento. É preciso refletir sobre qual o

tipo de enfrentamento. Às vezes, erguer a cabeça e seguir firme tendo a certeza de que somos quem somos e que violência não gera nada, além de mais violência. Aos jovens LGBTQIA+ digo: sobrevivam, se superem, ganhem o mundo!

**MARIA HELENA RIBEIRO**
PROFESSORA, ESCRITORA, ESPECIALISTA EM LEITURA

Todo dia era a culpa. Todo dia era a dúvida. Todo dia a mesma pergunta: por que meu filho me rejeita? Quanto mais eu tentava me aproximar, mais ele se afastava! Nenhuma pergunta era respondida; nenhum convite era aceito; nenhum carinho retribuído. Eram portas que se fechavam, eram caras viradas, eram silêncios que atravessavam a nossa casa. Nada respondia e tudo era motivo para sair sem se despedir. Muitas perguntas eu me fazia: onde foi que eu errei, quando houve desamor, como eu faço para me chegar? Os dias foram passando nesse silêncio. Eu sofria. Ele sofria, percebia. Eu sabia que um dia teria um fim. E aconteceu. Veio o confronto. De hoje ele não me escapa!

– Por que, meu filho, toda essa rejeição? Fala, fala, fala! – explodi feito uma bomba!

Espantado, acuado como um bichinho, ele desabafou:

– Eu sou gay, mãe! Sou gay! Entendeu?

Fiquei parada olhando para ele, aliviada!

– Então é isso que nos separa, meu filho? Pois se é, me dá agora um abraço apertado, porque o que eu quero mesmo é que você seja feliz!

E perdemos tanto tempo!

**PAOLA BELLUCCI ORTOLAN**
DESIGNER

Há um princípio budista que preza a beleza da individualidade de cada pessoa, chamado de "cerejeira, ameixeira, pessegueiro e damasqueiro".

Daisaku Ikeda, filósofo, poeta laureado, escritor e líder budista, proferiu a seguinte fala na 7ª Conferência de Gays, Lésbicas, Bissexuais e Transexuais da Soka Gakkai Internacional dos Estados Unidos em 2 de Maio de 2007: "O budismo expõe a beleza da individualidade como da cereja, ameixa, pêssego e damasco (Coletânea dos Ensinos Transmitidos Oralmente, p.200). Como também elucida o princípio de revelar a natureza de Buda de ilimitada alegria (ibid, 200). Por esta razão, o budismo encoraja a cereja e o pêssego a viverem suas respectivas existências de uma forma natural e alegre que seja apropriada a sua particular identidade. Não é preciso comparar com outros ao seu redor. Desabroche de acordo com a sua própria identidade."

Acredito que os jovens devem lutar para exercer a própria individualidade, ao mesmo tempo em que lutam para transformar a sociedade.

**ROGER CASTRO**
CONTADOR DE HISTÓRIAS E PRODUTOR CULTURAL

Há um punhado de tempo passado eu não achava ser possível gostar de outro menino a não ser como amigo, eu não me reconhecia e ao mesmo tempo os meus colegas na escola me chamavam de fru-fru, me viam mais lépido e faceiro que os demais e de imediato tentavam me ofender. Outro punhado de tempo passou e, por meio da arte, me enchi de fru-frus, maquiagem, figurinos, salto alto e nunca me senti ofendido, pelo contrário, me senti valorizado. Minha alegria, aquarela de cores e paixão pela cena me fortaleceram. Hoje, não consigo imaginar a minha vida sem o amor de um amor que pode ser o amor que eu imaginar. Sempre vai existir uma vizinha, amigo, livro, palco para nos encorajar nesta vida de tantas nuances e muitas formas de amar.

**SANDRA COUTINHO**
JORNALISTA

Lembro da primeira vez que ouvi um menino chamando outro de "bicha". Perguntei o que significava e ouvi: "menino que gosta de menino". Com o tempo aprendi que é uma identidade, uma orientação íntima, algo que não se escolhe nem se pode mudar. Como todo filho e filha, quem se sente diferente merece o mesmo acolhimento. Talvez até mais - para proteger da incompreensão de quem não entende as diferenças. Eu acolho meus filhos como são. Meu amor de mãe não depende de quem eles desejam amar.

**SUZANA SIMÕES**
DOUTORA EM FISIOTERAPIA

Vou dividir a minha experiência, narrando meus processos de descoberta e de autoaceitação. No início, tudo foi bastante complicado. Eu cresci espírita, e o conceito espírita na época era de que o homossexual devia sublimar a sua sexualidade. Isso significava dizer não ter a prática do ato sexual e buscar na psicoterapia ajuda pra se autoentender. Então, quando eu me percebi gay com dezoito anos e fui ter a primeira relação, eu tive muito conflito e muito sofrimento. Achava que havia realmente alguma coisa errada comigo e que eu precisava me esforçar para sair daquela situação. Quando minha mãe descobriu, através de uma carta encontrada, ela me colocou numa terapia que me ajudou

no autoconhecimento e no início do processo de autoaceitação. No transcorrer da minha vida, eu saí do país e construí uma vida no exterior, materialmente falando bastante confortável, com uma carreira de sucesso e uma vida com construções significativas. Com o tempo eu fui percebendo duas coisas: a primeira é que a minha sexualidade era uma parte pequena de quem eu sou no todo (enquanto uma pessoa, enquanto ser humano, ela não me define); a segunda é que através das minhas relações havia uma proposta de aprendizado que não passava necessariamente pelo gênero da pessoa com quem eu estava atraída, mas, na verdade, o que a vida estava pedindo de mim, o que eu via como necessário na minha existência, era o aprendizado do amor, era o aprendizado do respeito. Respeito a mim, respeito ao próximo, e respeito à família como um todo. O aprendizado do significado mais profundo do amor para além das paixões, para além da atração física, a necessidade da construção de uma relação de parceria, de companheirismo, de amizade. Isso eu fui conseguindo conquistar com o passar do tempo. Então, colocando a minha sexualidade dentro dessa perspectiva, de que ela é uma parte pequena de quem eu sou, e percebendo que, na verdade, as relações, o propósito das relações, era o aprendizado do amor, eu fui entrando em paz comigo mesma. E fui focando naquilo que me parecia o essencial, o aprendizado desse sentimento e a vivência de uma relação altruísta de respeito para comigo e para com o próximo. Isso é importante para os jovens, porque eles estão numa fase de construção das suas identidades, e muitas vezes dentro desse momento da vida há muito conflitos entre o jovem e as expectativas da sociedade para o que ele vai vir a ser. E muitas vezes essas realidade, essas expectativas, não correspondem. Eu vim a descobrir que um dos componentes essenciais da felicidade é a nossa capacidade de ser quem nós somos. Essa fidelidade a si mesmo, essa aquisição de um estado de conforto íntimo de autoaceitação e de autoamor é um dado fundamental para um sentimento único de liberdade e de felicidade. Então esse assunto é particularmente importante para o jovem, porque é importante que ele se encontre, que ele se aceite, que ele possa ser quem é. A pessoa bem resolvida consigo torna-se mais saudável e, em última instância, mais útil à sociedade. Ficam aqui as minhas palavras, desejando sucesso a essa empreitada tão importante e significativa para a sociedade, para o mundo, nos dias de hoje.

## LUÍS CORRÊA LIMA, S.J.
PADRE

Sou sacerdote católico há 26 anos. Ao longo deste tempo, tenho encontrado pessoas LGBTQIA+ nascidas e criadas na Igreja que, um dia, descobriram orientação sexual ou identidade de gênero que fogem da heteronormatividade.

Os conflitos que enfrentam não são poucos. Senti-me na obrigação de conhecer melhor essa realidade e de ajudar as pessoas e suas famílias.

Felizmente, nos tempos em que vivemos, sopram novos ventos, arejando as instituições, inclusive as igrejas. Certa vez, um jovem assumidamente gay encontrou-se com o papa Francisco, que lhe disse: "Deus te fez assim e te ama assim.... Você precisa estar feliz como você é". De fato, tudo o que o Senhor criou é bom, incluindo os LGBTQIA+. Ninguém deve ter vergonha de ser quem é, de ser como o Criador lhe fez. A vida e a natureza destas pessoas expressam uma parte do plano divino. Em sua história também age o Espírito Santo, resgatando a autoestima, dando coragem para enfrentar as adversidades, comunicando a força para o bem e iluminando o discernimento.

Muitas vezes já se utilizou a imagem de um Deus intolerante e implacável para justificar a homofobia e a transfobia. Porém, o rosto divino que Jesus nos revela é o de um Pai amoroso, que nos conhece melhor do que ninguém e quer o nosso bem. Oxalá nunca duvidemos deste amor incondicional.

## VANESSA BALULA
AUTORA, ROTEIRISTA E EDITORA

Sempre namorei meninos, casei cedo demais com o cara mais legal do mundo, separei poucos anos depois, mais tempo passou e muitos quilômetros depois conheci o amor da minha vida e era uma mulher! Casei com ela há 12 anos e temos uma filha, a Dora.

Sabe aquele frio na barriga, aquele tanto de vontade de se estar com alguém todo o tempo? Tem nome. Paixão. E a paixão é feminina. E o amor, dizem, masculino. Como faz então para se apaixonar se o feminino não estiver fazendo bagunça lá dentro? E para amar? É possível amar alguém e esquecer o quanto de masculino tem o amor? Somos todos uma confusão boa do que temos de masculino e feminino e se apaixonar e amar ALGUÉM é tão mais(!) importante do que amar um menino ou uma menina. Não amamos ou nos apaixonamos porque nos encontramos (obrigatoriamente) em nossos opostos. Nos apaixonamos e aprendemos a AMAR ALGUÉM. Alguém que nos faça rir, alguém que nos faz corar, alguém que aparece no sonho e quando a gente acorda é ainda melhor! Nos apaixonamos e aprendemos a amar – ou ao menos deveríamos! - alguém que mereça o nosso amor e com quem sejamos realmente felizes. Seja menino ou menina. O coração é quem dá o match.

**Anna Claudia Ramos**

Nasci no Rio de Janeiro, entre casas e prédios, em 1966. Filha caçula, a mais questionadora e a mais inquieta de três irmãos. Menina inventadeira, cheia de imaginação, já apaixonada pelos livros antes mesmo de ser alfabetizada. Meu cantinho preferido no jardim de infância já era o da leitura. E foram os livros que me deram a chance de viver muitas vidas e aventuras. Podia ser o que quisesse quando lia ou brincava de faz-de-conta. Apaixonada por bonecas, carrinhos e futebol de botão. Disputava campeonatos caseiros com meu irmão. Gostava de brincar de ser príncipe e princesa. Quando, pequena, adorava a roupa de cowboy de uma amiga, mas também adorava a fantasia de odalisca que minha mãe usava quando mocinha. Os dois universos sempre me fascinaram. A sorte é que nasci numa família que respeitava brincadeira de criança e fui educada para respeitar gente e ser o que tivesse vontade. Sempre me apaixonei por gente, e vivi dois momentos muito distintos e honestos comigo mesma. Tive um casamento heteronormativo, tenho filhos incríveis, o Elias e a Layla. Me separei do pai dos meus filhos e somos amigos até hoje. Um dia, encerrei um ciclo e abri um novo, com relações homoafetivas. Vivo uma relação estável com a Liza, uma relação da maturidade. Vivo outros tempos de ser mãe, já com filhos adultos e cada um vivendo sua própria história. Louca pra virar avó! E como não poderia deixar de ser, me graduei e fiz mestrado em Literatura, escrevo para crianças e jovens desde 1992. Sou feita de histórias. Se quiser conhecer um pouco do meu trabalho, acesse meu site que tem muita coisa por lá: www.annaclaudiaramos.com.br.

**Antônio Schimenec**

Nasci numa cidade do interior do Rio Grande do Sul chamada Tupanciretã, terra de nome indígena, onde os costumes gaúchos são bem arraigados, a roupa de passeio preferida do meu pai é uma pilcha, a indumentária tradicional dos campeiros. Além disso, meus pais não economizaram no quesito filhos e tiveram sete rebentos. Confesso que dessa prole toda eu era um tanto diferentão. Na escola, não abria a boca de tão tímido. Preferia a biblioteca. E foi mergulhando em leituras que comecei a descobrir meu lugar no mundo e a questionar algumas verdades estabelecidas. Então, me mudei para a capital, Porto Alegre, onde vivo atualmente. Fiz Licenciatura em Letras, me Especializei em Literatura Brasileira e me aventurei no universo irresistível das histórias para crianças e jovens. Além de todas essas coisas boas agregadas na minha vida, veio junto a liberdade de amar sem preconceitos, respeitando meus sentimentos mais genuínos. Quando o medo não fazia mais nenhum sentido, revelei aos meus pais, irmãos e irmãs a verdadeira natureza dos meus afetos. E sabe o que aconteceu? Um acolhimento de forma linda e respeitosa. De lá para cá, nosso amor só tem aumentado.

É por isso que livros como este aqui são tão importantes, para que todos compreendam mais sobre empatia, respeito, autoestima, amor próprio e entendam o quanto é fundamental a representatividade. Personagens LGBTQIA+ não caricatos, humanos e (por isso mesmo) complexos, são necessários para mostrar o quanto é natural ser gay, hetero, bi, trans ou qualquer outra denominação possível quando o assunto é sexualidade.

Sou um homem gay, casado (oficialmente!) e amo muito meu marido – companheiro de afeto e de jornada. Amo também poder exercer minha liberdade e minha cidadania plena, desfrutando de todos os direitos que me são garantidos pela Constituição, já que sou igual a todos. Ainda que fora dos padrões historicamente impostos, sou um ser humano como qualquer outro, com fraquezas, forças, medos, sonhos, alegrias, tristezas. É muito importante que todos tenham consciência disso: ninguém é menor ou menos especial por ser fiel à sua natureza. Homossexualidade é uma condição natural e intrínseca, não é aprendida, não é ensinada, não é escolhida. Nada que esteja relacionado à nossa orientação sexual deve interferir em nosso acesso aos direitos que todo e qualquer cidadão tem. Por isso, gostaria de pedir a você que está lendo e tem uma orientação sexual diferente da padrão: não se curve, não se cale, ame quem você quiser, exija respeito e respeite-se acima de tudo. Você é lindo, é linda, do jeitinho que é. Existir com coragem, força, perseverança, amor ao próximo e orgulho deve ser sempre o seu lema, assim como é o meu.

## MANUEL FILHO
ESCRITOR, CANTOR E COMPOSITOR

Amar!

Como pode o amar receber tanto ódio?

Por que o ato de beijar, abraçar ou simplesmente dar-se as mãos desperta a fúria de quem enxerga o amar algo de sua propriedade, uma exclusividade mesquinha que pretende isolar as quatro letras que formam o amar e fazer delas uma prisão quadrada, sem saída?

Não, o amar requer dizer não. Não ao medo, à tristeza, ao preconceito. No ser amado está o que lhe entregamos: liberdade, desejo, parceria e todas aquelas vontades advindas.

O amar encontra seus caminhos, mesmo que os desvios se imponham dolorosos, agressivos, e eles serão. Contudo, o amar irá assumir tantas formas que a velocidade em aceitá-las fará toda a diferença.

Receio haverá! Coragem, necessária! Andar sozinho, possibilidade!

Encontrar o seu par, seja quem ele for, será.

ANNA CLAUDIA RAMOS
ANTÔNIO SCHIMENECK

© Anna Claudia Ramos e Antônio Schimeneck, 2020
© Oficina Raquel, 2020

Editores
Raquel Menezes
Jorge Marques

Assistente editorial
Yasmim Cardoso

Revisão
Oficina Raquel

Capa e projeto gráfico
Raquel Matsushita

Diagramação
Entrelinha Design

**Dados internacionais de catalogação na publicação (CIP)**

R175p  Ramos, Anna Claudia, 1966-
Por que eu não consigo gostar dele/dela? / Anna
Claudia Ramos e Antônio Schimeneck.
– Rio de Janeiro: Oficina Raquel, 2020.
108 p.; 21 cm.

ISBN 978-65-86280-45-6

1. Sexualidade 2. Diversidade sexual
3. Adolescentes I. Schimeneck, Antônio, 1976-
II. Título.

CDD 155.3
CDU 159.922,1-053,6

Bibliotecária: Ana Paula Oliveira Jacques / CRB-7 6963

O
oficina
r a q u e l

www.oficinaraquel.com.br

Para Liza K, presente do tempo.
Anna Claudia Ramos

Para Jonathas Martins, por tudo.
Antonio Schimeneck

SUMÁRIO

6 Prefácio
REGINA NAVARRO LINS

10 **POR QUE EU NÃO CONSIGO GOSTAR DELA?**
ANNA CLAUDIA RAMOS

18 **INVENTÁRIO DE ERROS**
ANTÔNIO SCHIMENECK

30 Depoimentos

## PREFÁCIO

REGINA NAVARRO LINS

As narrativas literárias de "Por que não consigo gostar dele/dela", obra de Anna Claudia Ramos e Antônio Schimeneck refletem situações reais do presente e do passado em todo o mundo.

Homens e mulheres são educados para se relacionar afetiva e sexualmente com o sexo oposto. Geralmente é na adolescência que a orientação afetivo-sexual começa a ser percebida. É comum o adolescente se sentir diferente, não compartilhar dos mesmos interesses do grupo de amigos, não entender bem o que se passa com ele, mas sofrer com isso. Entretanto, nem sempre foi assim.

Na Grécia Clássica, século V a.C., não havia preocupação em julgar a homossexualidade. O amor por alguém do seu próprio sexo e o amor pelo sexo oposto não eram vistos como dois tipos de comportamento radicalmente diferentes. Se havia elogio ou reprovação, não era à pratica de homossexualidade, mas à conduta dos indivíduos.

Com o Cristianismo, houve uma mudança radical. Na Idade Média houve uma oposição clara à homossexualidade. Nos séculos XII e XIII começou na Europa uma repressão maciça, como parte de uma campanha contra heresias de toda natureza, que evoluiu até

o terror da Inquisição. Em 1260, a França iniciou a perseguição aos homossexuais ao estabelecer a pena de amputação dos testículos na primeira ofensa, do pênis na segunda e da morte na fogueira em caso de terceira reincidência.

No século XIX, a atividade homossexual deixou de ser classificada como pecado ou crime e passou a ser considerada doença. O tabu só diminuiu com o surgimento da pílula anticoncepcional, na década de 1960. A dissociação entre o ato sexual e a procriação possibilitou aos homossexuais sair da clandestinidade, na medida em que as práticas homo e hetero, ambas visando ao prazer, se aproximaram.

Em 1973, a Associação Médica Americana retirou a homossexualidade da categoria de doença. Entretanto, a discriminação continua, os gays são hostilizados e agredidos. A homofobia deriva de um tipo de pensamento que equipara diferença a inferioridade. Alguns estudos indicam que os homofóbicos são pessoas conservadoras, rígidas, favoráveis à manutenção dos papéis sexuais tradicionais.

A homofobia reforça a frágil heterossexualidade de muitos homens. Ela é, então, um mecanismo de defesa psíquica, uma estratégia para evitar o reconhecimento de uma parte inaceitável de si. Dirigir a própria agressividade contra os gays é um modo de exteriorizar o conflito e torná-lo suportável. E pode ter também uma função social: um heterossexual exprime seus preconceitos contra os gays para ganhar a aprovação dos outros e assim aumentar a confiança em si mesmo.

Por mais que se denuncie o absurdo que o ódio e a frequente agressão aos homossexuais representam, a homofobia não deixará de existir num passe de mágica. Seu fim depende da queda dos valores patriarcais que, já em curso, vem trazendo nova reflexão sobre o amor e a sexualidade.

Caminhamos para uma sociedade de parceria, e se nela o desejo de adquirir poder sobre os outros não for preponderante, a homossexualidade deixará de ser tratada como anomalia, passando a ser percebida como tão normal quanto a heterossexualidade.

**POR QUE EU NÃO CONSIGO GOSTAR DELA?**

ANNA CLAUDIA RAMOS

*Para Rodrigo Maciel, pela confiança.*

Acho que faz umas duas horas que a Rafa acabou de sair daqui e eu não consigo parar de pensar em nossa conversa. Droga! Está acontecendo de novo. A menina mais linda do colégio está apaixonada por mim. Era pra ser ótimo. Mas não é. Não mesmo.

Aconteceu da primeira vez quando eu era criança e foi bem mais fácil. Eu estava no quinto ano e a menina que todos os garotos queriam namorar era a fim de mim. Vivia querendo me beijar, mas eu sentia um nojo daquele negócio de beijar na boca. Imagina só a baba da garota na minha boca! Nem pensar. Só que naquela época isso não era um problema, eu era moleque. Os caras mais velhos ficavam implicando comigo, dizendo que eu era criancinha, que não sabia beijar.

Eu nem ligava, mas agora...

Agora a situação é outra. Já sei beijar, não tenho mais nojo de beijo, mas não entendo por que eu não consigo gostar dela. Caramba! Ela é a menina mais linda do colégio. Ela é perfeita. E além de ser bonita é muito gente boa. Não é metida como muitas garotas da sala dela. Além do mais é superpaciente com todo mundo. Às vezes eu me acho um louco, um maluco completo.

11

Como é que eu não consigo gostar da Duda? Mas eu não consigo. Não tenho a menor vontade de ficar com uma menina. Já tentei, juro que tentei. Mas não rola, não sinto absolutamente nada. Pra dizer a verdade, sinto sim: vontade de fugir, de sair correndo e me esconder aqui no quarto. Ficar aqui trancado e não sair nunca mais. Só que eu não aguento mais o pessoal do colégio implicando comigo. Aposto que ninguém entende o que eu sinto. É fácil tirar onda com a cara do outro. Queria ver se fosse com eles.

*Olha só o cara… desprezando a menina mais linda do colégio.*

*Se liga, garoto! Num sacou que a Duda tá apaixonada por você, não?*

*Tem moleque que é cego! Ou será que o cara não gosta de menina?*

Que raiva que eu sinto quando escuto essas coisas. Mas não é na pele deles, né? Aí é muito fácil falar. Queria ver se um deles sentisse atração pelos meninos como eu sinto. Ah! Isso eu queria ver! Não é nada fácil conviver com isso. Se eu pudesse escolher com quem iria namorar, eu iria namorar a Duda. Ela é linda, meiga, fofa, inteligente, tudo que um garoto pode querer. Mas não dá. Eu não consigo. Esse sentimento é muito maior do que eu posso controlar. Foi tão bom quando rolou aquela história com o Diogo. E me sinto muito mais feliz beijando um menino, fazer o quê? Acho que eu nasci assim. Vai ver é isso. Eu nasci assim e pronto. Nasci gostando de meninos. Desde pequeno eu me lembro de ser assim. Sempre me senti atraído pelos meninos. Gosto das meninas, é claro! Mas pra ser amigo, não pra namorar, muito menos pra beijar.

No dia da festa da Taís eu jurei que ia acabar com a história de todo mundo ficar falando de mim. Não aguentava mais aquilo. Era muita pressão na minha cabeça. Devia ser mais fácil gostar de meninas, por isso resolvi tentar mais uma vez.

Coloquei uma roupa nova, me arrumei todo, como gosto de me arrumar quando vou sair, coloquei até o perfume que ganhei da minha tia e fui pra festa disposto a ficar com a Duda.

Quando eu cheguei, ela já estava lá. Parecia uma princesa de tão linda. Pro meu desespero eu olhava e não sentia nada, só vontade de conversar. Vários garotos estavam babando a Duda, tinha um monte em volta dela. Mas assim que ela me viu, veio falar comigo. Gelei. Sabia que teria que tomar uma atitude. Afinal, a festa inteira estava olhando pra mim, e eu tinha jurado que ia tentar. Antes de ela chegar onde eu estava, o Cauã passou bem do meu lado e falou justamente o que eu não queria ouvir: *E aí, mané? Não vai fazer nada não?*

Fiz. Chamei a Duda pra ir lá pra fora do salão de festas. Começamos a conversar. A sensação que eu tinha é que o mundo me olhava, só pra ver o que eu iria fazer. Naquela noite fiz o que todo mundo esperava de mim: fiquei com a Duda. Foi horrível, porque eu beijava e não rolava desejo. Me esforcei... Estava todo mundo me olhando e eu não podia sair correndo; não ia aguentar mais escutar aqueles caras falando de mim. Mas aquilo me fez um mal! Pior é que eu morri de medo que ela me perguntasse se eu tava a fim dela. Acho que lá na festa ela não teve coragem de perguntar nada. Ou vai ver não quis estragar o que pra ela devia estar sendo um momento mágico. Pra mim estava sendo um pesadelo. Foi ruim demais fingir, porque eu detesto me sentir enganando as pessoas.

Ainda bem que a festa foi no sábado, porque antes de ir embora eu disse que no dia seguinte tinha um almoço de família na casa da minha tia e eu ia ficar o dia todo num sítio onde não pegava nem celular.

Na segunda-feira foi horrível. Todo mundo estava esperando que eu fosse ficar com a Duda. Mas me deu uma coisa estranha por dentro. Eu comecei a ficar tão irritado que nem falei com a Duda. Evitei cruzar com ela o quanto pude. Fiz isso durante umas duas semanas. Os boatos no colégio se dividiam entre eu ser gay, metido ou maluco. E a Duda não falava nada. Só me olhava, de longe.

Aquilo tudo começou a me fazer tão mal, mas tão mal, que acabei ficando doente, com uma baita febre. Vai ver foi porque eu não respondi a mensagem que a Duda me enviou. Nem atendi o telefone quando vi o número dela no meu celular. Ou pior. Vai ver foi porque vi a carinha dela no recreio ontem de manhã. Eu me senti o pior cara da face da Terra.

Agora estou aqui trancado em casa, de cama, delirando de febre.

Por que eu não consigo me apaixonar pela Duda? Eu queria tanto gostar dela, queria tanto gostar de meninas, mas eu não gosto. Será que dá pra entender? Será que dá pra respeitar? Que droga! As pessoas acham que esse sentimento é de escolher. Mas não é. Claro que não! Mas o que eu posso fazer se é assim que eu me sinto feliz? Que nem a Rafa, que gosta de namorar meninas. Não é à toa que ela é minha melhor amiga. Com a gente não tem essa de segredos. Sei tudo da vida dela e ela da minha. E só a gente sabe como é complicado ser assim no meio de tanta gente preconceituosa.

Outro dia escutei a vizinha do 302 falar pro porteiro que as mulheres do 903 são umas pecadoras. Falou isso só porque elas são casadas. E daí? O que é que essa fofoqueira tem a ver com a vida delas? Tô cansado dessa patrulha da vida sexual dos outros. Ainda ficou criticando porque uma delas tem um filho. Disse que isso era o fim do mundo. Coisa mais chata! Sinto muita raiva quando escuto essas coisas! Por que a vizinha não toma conta da vida dela e daquele marido chato que ela tem? Que mania que essa gente tem de ficar falando da vida dos outros. As moças do 903 são muito legais. Um dia eu quero ter um relacionamento igual ao delas.

Mas, antes de sair daqui de casa, a Rafa me disse pra contar a verdade pra Duda. Ela acha que eu devo ser eu mesmo e disse que eu sou corajoso pra caramba. Não levei fé nisso de eu ser corajoso não. Acho que ela falou isso só pra me animar. A Rafa é muito maneira. Passou parte do fim de semana aqui em casa. Disse pra

minha mãe que essa febre devia ser por conta da chuva que a gente pegou na volta do colégio sexta-feira. Minha mãe acreditou.

Minha mãe... Como vou poder contar isso pra minha mãe? E pro meu pai então? Não quero nem pensar. Mas também não quero pensar nisso agora não. Agora, preciso resolver o que eu vou fazer pra Duda não me odiar como acho que ela deve estar me odiando.

Não queria magoar a Duda de jeito nenhum, mas já magoei e isso está me fazendo muito mal, porque eu não sou assim. Estou me sentindo um covarde de não ter tido coragem de falar a verdade. Não consigo mais ver a cara dela achando que eu não sou a fim, que estou desprezando. Pior é ela achar que sou metido igual àqueles caras que têm lá no colégio.

– Ué!? A campainha tá tocando. Quem será a esta hora em pleno domingo? Será que a Rafa esqueceu alguma coisa?

Minha mãe acabou de abrir a porta do meu quarto:

– Filho! Tem visita pra você. Uma amiga sua, do colégio.

Gelei. É a Duda. Ela está entrando no meu quarto! Minha mãe deve estar achando que ela é minha namorada ou coisa parecida. Melhor assim. Pelo menos por enquanto. Mas eu gelei porque vou ter de falar a verdade. Não dá mais pra enganar a Duda. Minha mãe saiu. É agora.

– Oi, João.

– Oi, Duda, eu tenho que te pedir desculpas, porq...

– Pare de falar, João. Não vim aqui pra ouvir você falar nada. Vim trazer esse livro pra você.

– Um livro? De presente pra mim? Depois de tudo que eu te fiz!

– Pare de falar. Olhe logo o livro.

Li o título e me senti o cara mais privilegiado deste mundo. A Duda tinha entendido tudo. Na dedicatória ela escreveu:

*Antes eu achava que você não gostava de mim, agora tenho certeza que você gosta tanto que não quis me namorar só pra enganar uns e outros lá do colégio. Só pros outros pensarem que você não é o que você sabe que é.*

*Te amo, menino lindo! Você é megacorajoso. Pense nisso! Um dia não vai precisar esconder nada de ninguém. Quero ser sua amiga pra sempre.*

*Beijinhos, Duda J <3 J <3*

Acabei de ler a dedicatória. Não consegui não chorar. E perguntei:

— Mas, Duda? Como você percebeu?

— Ah, João! É fácil perceber essas coisas quando a gente se preocupa com o jeito de ser do outro. Você nunca foi de não falar com as pessoas. Nunca foi grosseiro. Achei que tinha alguma coisa errada. Claro que no início fiquei com raiva, não queria nem ouvir falar seu nome, mas depois comecei a pensar e a me lembrar de algumas coisas. Imagino como você deve ter se sentido lá na festa com aquela gente toda te cobrando uma atitude. Também reparei como você e o Vitinho vivem se olhando...

Morri de vergonha quando a Duda disse isso, mas aí ela me deu um abraço apertado. Eu disse que ela era especial demais, que era muito mais madura do que as meninas da turma dela. Continuei com os olhos cheios d'água. Ela sorriu:

— É! Minha mãe sempre diz que sou madura demais mesmo, mas fazer o quê? Sou assim. Diferente das outras meninas. Sempre dizem que eu sou esquisita. Sempre me criticam porque eu tento entender o jeito de ser de cada um. Acho que você deve saber bem do que tô falando, né mesmo, João?

Que máximo! Agora eu e a Duda temos segredos, mas isso ninguém precisa saber. A gente se abraçou bem forte e ela foi embora.

— Nos vemos no colégio, tá? Vê se melhora logo pra poder ir à aula amanhã.

Ela falou isso bem alto na porta do meu quarto e ainda completou com um:

– Tchau, menino lindo! Te amo!

– Eu também te amo, menina linda.

Foi só o que consegui responder. E ela se foi. Em seguida meu pai entrou no quarto e sorriu com uma cara de satisfação. Nossa! Me deu um aperto... Mas não tive coragem de falar nada pra ele não. Não hoje.

Por hoje, basta esse sorriso.

**INVENTÁRIO DE ERROS**

ANTÔNIO SCHIMENECK

Procurei no bilhete o horário e o guichê de embarque. Conferia com o ônibus leito parado ao lado de outros no estacionamento circular da Estação Rodoviária e que seguiriam para diferentes destinos. Poltrona treze. O eleito para ser meu número de sorte. Nasci num dia treze e acontecimentos decisivos, para o bem ou para o mal, estão ligados a esses dois algarismos.

Enfim, tenho dezoito anos e completei o Ensino Médio. É hora de tomar decisões por conta própria. Tudo que rolou comigo durante o tempo em que vivi com minha família não é bem a história que eu gostaria de contar. Preferia aquelas de propaganda de margarina, com gente feliz em volta de uma mesa repleta de quitutes com sol nascendo num jardim florido. No entanto, a sorte andou arisca. Agora é a chance. Abandonar esta cidade. Não colocar mais meus pés aqui. Essas são as minhas intenções mais imediatas.

Olha a sorte aí! O ônibus tem poucos lugares ocupados. Numa quarta-feira, à uma hora da tarde, pouca gente vai para a capital. Confesso, foi intencional. Não tenho a menor pretensão de encontrar algum conhecido e ser obrigado a dar explicações

de para onde vou e de como meus pais estão de saúde e de ouvir alguma história anedótica de um parente que já morreu.

E ali está o número treze. Só para mim.

Arrumei a mala no bagageiro e deixei a mochila na poltrona vazia ao lado da minha. Coloquei os fones, acionei a *playlist* escolhida especialmente para minha viagem de despedida. *Foo Fighters* explodiu nos meus ouvidos. *The best of you.*

A canção de adeus a um lugar de desgostos, onde quase dei fim à vida.

Sim, alguém tentou tirar o melhor de mim e quase conseguiu.

O ônibus partiu no horário estipulado. Como o terminal fica na região central, a gente roda um tanto para alcançar a autoestrada. Acho bom, assim consigo olhar a cidade pela última vez. Minha antiga escola; a casa abandonada e mal-assombrada que nunca conseguiram vender; a farmácia do Joca com casa de jogos clandestina nos fundos, onde o pôquer e as máquinas caça-níqueis disputam pau a pau o lucro com os antidepressivos. Para trás também ficam as lojas da rua principal, a praça onde os eventos importantes acontecem: marcha para Jesus, procissão do Cristo morto, comemoração do Sete de Setembro, festa de aniversário do município e desfile de Carnaval, evento este que, no dito das más línguas, mais se tira fantasia do que se coloca.

Deixar cores tão batidas e avistar outros tons. Pela janela do ônibus, a paisagem começa a mudar. Os verdes e amarelos das plantações me aquecem. Talvez pela melodia de *Legacy*, que acaba de começar a tocar. *Deemo* foi meu jogo predileto durante um tempo. Adorava o desafio daquelas teclas dando o norte da história, abrindo e fechando portas e possibilidades. Hoje, fiquei apenas com as trilhas sonoras. Escolher a nota certa. No jogo parece mais fácil que na vida.

As rodas engolem o asfalto. As casas de beira de estrada com seus telhados iluminados de sol passam num relance. Uma escola

com crianças irrequietas aguardando o sinal para o início das aulas. O esvoaçar dos vestidos coloridos das meninas brincando de roda. Um garoto sentado, sozinho, isolado do resto do grupo.

Aquele menino era eu no primeiro dia de aula.

Designada para me cuidar, minha irmã conversava animadamente com as colegas, como se eu não existisse. Ao dar o sinal, apontou uma sala de aula. Ocupei a primeira classe vazia que encontrei. Não olhei para o lado, não enxerguei ninguém. A professora chegou, largou bolsa e pastas e pediu para arrumarmos nossas mesas e cadeiras num grande círculo. Um a um nos apresentamos, conforme o número da chamada, dizendo o nome, brincadeiras preferidas, programas de televisão que assistíamos. Quando chegou a minha vez, falei mais alto do que planejado, no susto: Davi. E a professora brincou: o número treze da chamada tem o nome de um rei bíblico. Então entrou a diretora para as boas-vindas à turma. Na memória não me ficou o teor das palavras ditas, mas não esqueço que, antes de sair, ela olhou para mim, passou a mão em afago pelos meus cabelos e disse em alto e bom som:

– Comporte-se, garotinha! – e saiu batendo no piso quadriculado seu salto baixo.

Não entendi de pronto a dimensão daquela fala. Ouvi o riso e o cochicho dos colegas. A professora ficou sem ação. Achou melhor mudar de assunto a enfrentar a situação. Moral da história: fiquei sendo a garotinha do primeiro ano. Tinha sete anos. Foi a primeira vez que percebi: havia algo de diferente em mim. Precisava esconder da minha irmã. Sabia, essa história não pegaria bem em casa.

Depois disso, sempre que assistíamos algum programa de televisão e aparecia algum personagem gay, meu pai fazia cara feia. Invariavelmente saía um:

– Falta de respeito. Onde já se viu? Agora querem enfiar essa doença goela abaixo...

Eu ficava ali, no mesmo sofá. Invisível. Nem respirava, sentia as labaredas queimando cada lado do rosto. Evitava olhar para quem quer que fosse nesses momentos, pois, tinha certeza, se me notassem, algo em mim poderia ser descoberto.

Em casa, ninguém parecia ter se dado conta do que crescia em mim. Até o dia de ir com minha mãe e minha irmã comprar material e uniforme escolar para o início do ano letivo e bati pé nos cadernos de capa colorida. Não teve jeito. Elas foram categóricas ao afirmar que eram chamativos demais para um menino. Como forma de protesto, escolhi só cadernos com capas lisas e sem graça.

Mas o desejo exposto de forma tão impositiva acendeu o estopim: algo saía do normal em minha personalidade. Para meu pai, inspetor de polícia e frequentador assíduo da igreja, um filho gay era inaceitável. Ia contra qualquer princípio das duas corporações, a civil e a religiosa.

A bomba explodiu mesmo no meu aniversário de quatorze anos. Ganhei dinheiro para comprar um par de tênis de presente. Escolhi um All Star vermelho cano longo com detalhes cintilantes. Era um modelo masculino, mas a cabeça dura do chefe da corporação não conseguiu aceitar o fato. Durante a discussão, não aguentei e joguei as cartas na mesa:

– Se eu sou gay, problema é meu, ninguém tem nada com isso.

A surra começou em tapas, depois vieram os socos e terminou com um chute, quando não conseguia mais me levantar do chão.

Uma semana depois, as marcas começavam a desaparecer da superfície do meu corpo, voltei à loja e troquei o meu presente por um sem graça All Star azul escuro cano baixo.

Foi o pastor e orientador espiritual do meu pai que sugeriu a saída para resolver o conflito instalado no seio de tão valorosa família. Durante dois anos meus sábados seriam atípicos. Para a maioria das pessoas esse dia da semana é bom para dormir até mais

tarde, fazer esportes, dar um pulo na serra ou no litoral. Eu ia com meu pai à cidade vizinha participar da terapia de grupo do João Santana, médico e reverendo.

No primeiro dia de tratamento, numa sala branca com cadeiras em círculo e uma pintura clássica do Bom Pastor se destacando em uma das paredes, entrei em contato com outros diferentes. Como a Samantha, que um dia antes havia metido uma tesoura nos cabelos trancada no banheiro de casa e, por isso mesmo, parecia ter fugido de uma clínica de tratamento psiquiátrico. Ou como o frágil Mário, que a todo instante enfiava a mão no bolso, tirava um lenço e assoava o nariz vermelho de uma rinite crônica. Ali conheci o Tiago. Ele entrou, pendurou a mochila na cadeira, sentou e levantou a cabeça. Nesse instante a gente se olhou pela primeira vez. Ao contrário de mim, de Samantha ou de Mário, não parecia incomodado em estar naquela situação, pois o sorriso vazava da boca e se espalhava pelo rosto todo.

O sorriso pleno daquele garoto de cabelos encaracolados mexeu demais comigo. Era dia treze. O mês, já nem importa.

João Santana entrou por último na sala. A voz macia e calculada de quem sabe como conduzir uma plateia. Durante intermináveis sessenta minutos apresentou as teorias vigentes sobre a natureza dos desejos humanos. Falou da leitura obrigatória que deveríamos fazer de seus livros. Além de nós, todos os membros da família seguiriam esses manuais para o tratamento surtir efeito.

Caso alguém pudesse filmar, teríamos a seguinte cena: quatro adolescentes calados e mal se olhando, cada vez mais diminuídos pela retórica daquele homem de argumentos infalíveis. O discurso poderia ser resumido em algumas palavras: distúrbio, problema, anormal, invertido, neurose, perversão, desordem, desvio, patologia, doença, aberração, falha, pederastia, possessão.

Tive tempo de sobra para descobrir o significado de cada uma, pois elas foram repetidas sistematicamente a cada encontro.

Segundo orientações de Santana, a rotina em casa precisava de mudanças. Para ele, a construção da homossexualidade se dava no ambiente. A televisão e certos programas permissivos e depravados eram altamente nocivos. Para reprogramar a tendência, ajustar o desejo, seria necessário cultivar um ambiente segundo seus conceitos. Para isso, livros, revistas, filmes e músicas precisavam de censura prévia. Controle. Esta era a palavra de ordem. Via em meus pais o olhar de reprovação e a vontade interrompida de chamar a atenção por algum ato falho, trejeito ou fala em falsete. Minha irmã não perdoava, desenvolveu um sadismo temporão e não perdia a oportunidade de hostilização, dizendo que a família fora destruída e ela se tornara motivo de chacota na escola, no bairro, na cidade.

Eu era um tapa na cara de Deus.

Durante as sessões, João Santana tentava descobrir os motivos que teriam levado ao nosso desvio de comportamento. Para isso, precisávamos relatar com detalhes episódios da infância, comportamento na escola, relação com colegas e amigos. Segundo ele, o problema se dava na tenra idade, então precisava investigar em cima dos fatos: era filho único e crescera somente com a mãe? Os pais possuíam papéis bem determinados? Procurava copiar a mãe em alguma atitude? Nunca escutou a mãe comentar se gostaria de ter tido uma menina em vez de um menino durante a gravidez? Quais foram os brinquedos preferidos quando criança?

Gostaria de explicar a ele que minha mãe era a cópia fiel da mulher perfeita: temente a Deus, dona de casa e submissa ao marido. Meu pai regia a casa como um quartel, a forte figura masculina e viril. Nunca sequer cheguei perto de uma boneca da minha irmã. Se tivesse coragem, contaria não saber de onde brotava o desejo de levantar daquela cadeira, naquela sala fria e branca, e caminhar até Tiago, tocar o rosto dele e procurar o sorriso do primeiro

dia. Depois, enfiar a mão entre os crespos cabelos, descer até a sobrancelha que se juntava formando um triângulo escuro logo acima do nariz. Mas cadê a coragem?

Refrear. Pensar em outra coisa. Manipular o pensamento doentio. A regra.

Para se manter nela, foram criados os exercícios de desomossexualização, através da repetição contínua do mantra:

– Sou homem, tenho comportamento de homem.

– Os atos homossexuais são repulsivos e antinaturais.

Domar o cérebro. Ele comanda tudo.

Para João Santana, o encontro de reorientação espiritual era a cereja do bolo do tratamento. A busca pela nova vida desembocaria nesse momento único.

Dois anos foram suficientes para o cabelo de Samantha crescer, eternamente preso num rabo de cavalo; para Mário não mais espirrar de cinco em cinco minutos, embora as olheiras profundas não ajudassem muito em sua aparente felicidade plena; para Tiago não voltar a exibir o sorriso genuíno do primeiro dia; para eu esquecer que um par de tênis poderia variar de cor além do azul e do preto.

Uns trinta jovens se apinhavam na sala de palestras, estudos e momentos de oração que ocupariam o final de semana. De vez em quando eu espiava para fora. Pelas imensas janelas envidraçadas do antigo seminário, hoje casa de eventos, enxergava-se o mato de araucárias e os morros cercados por despenhadeiros.

Muito embora a paisagem cinematográfica fosse animadora, por dentro eu estava destruído. Os últimos anos foram de sacrifícios constantes para manter o controle e seguir a doutrinação imposta por João Santana. O que restou depois de tanta dedicação na busca por ser uma pessoa normal sob o ponto de vista de familiares, de colegas e da sociedade à qual eu tentava me encaixar?

A culpa.

A cada olhar de esguelha, a cada riso de canto de boca, a cada comentário escutado pela metade, encontrava apenas a ausência de sentido. Procurava dirigir pensamentos e olhares às meninas, mas a investida desembocava na mais genuína amizade. Nada além disso. E todo o processo de mudança interior foi me deixando seco, oco, sem graça.

O retiro começou em alto estilo. Numa sexta-feira treze. Ótimo dia para quebra de maldição. Vieram pastores, pastoras e obreiros da congregação de João Santana. Os pecadores adolescentes foram colocados em círculo e começou a desobsessão: imposição de mãos, profecias em outras línguas, leitura de trechos bíblicos e exortações. Cabeça baixa, uns choravam, outros, de olhos fechados, apenas moviam os lábios em oração. Não consegui fazer nem uma coisa, nem outra, cada palavra dita cravava em mim como punhalada no vazio. E esse vazio encontrou eco no olhar de Samantha. Olhar de quem perdeu a esperança de algum dia sentir qualquer alegria.

Durante o jantar, já estava decidido. Mal consegui tocar na comida. Do outro lado da comprida mesa avistei um Tiago cabisbaixo. A gente nunca conseguiu conversar fora dos encontros de sábado. Como exigência do tratamento, era vedado aos participantes contato além da sessão. Eu não sabia quase nada da vida dele pois, tirando o pouco que falávamos, mais ouvíamos passivamente do que qualquer outra coisa naquela uma hora de tortura semanal.

Fiz menção de ajudar a lavar a louça, mas uma pastora reforçou: aquela era tarefa das meninas. Mesmo assim, deixei meu prato na pia do refeitório. Samantha acabava de guardar um punhado de talheres na primeira gaveta de um imenso armário.

Depois da última palestra da noite, fomos para os dormitórios,

dois imensos salões com umas cinquenta camas de solteiro cada, um masculino, outro feminino, claro.

Conforme planejado, esperei até que apenas o ressonar e uma ou outra tosse se ouvisse naquele casarão quase medieval. As venezianas deixavam entrar uma claridade entrecortada. Por conta dela, pude me esgueirar para fora. Percorri o longo corredor, desci os dois lances de escada, alcancei o refeitório, abri a gaveta do guarda-louças, peguei uma faca e saí para a friagem das araucárias centenárias e dos despenhadeiros.

Os morros se delineavam sob a luz da lua cheia. Não havia necessidade de lanterna para locomover-se por ali. Pela primeira vez me encontrava nessa situação: sozinho no meio da noite. Avistei um banco de madeira ali colocado possivelmente para admirar a bela paisagem durante o dia. Chegara a hora. Aberrações como eu não tinham lugar neste mundo. Melhor desaparecer, deixar de ser carga, vergonha e motivo de piada. As palavras escutadas durante a quebra de maldição ocorrida mais cedo voltaram com força total naquela solidão escura:

– O homossexual é sozinho, absolutamente sem ninguém e sem nada.

– Homossexuais não conhecem um código de conduta a seguir, pois esse código não existe.

– A mudança está dentro de você. Para mudar, basta querer.

Puxei a manga do blusão. A faca brilhou na claridade da lua e minha mão foi suspensa antes que a lâmina afiada atingisse meu pulso.

– Não faça isso – sussurrou Tiago.

A represa rebentou arrastando pedras, galhos, casas, bichos, gentes e eu não fiz nada para impedi-la. Me segurei na quentura do abraço. Não lembrava da última vez que havia chegado assim tão próximo de alguém. Quando a calmaria se sobrepôs à enxurrada

e o calor bom foi tomando conta dos meus sentidos, a coragem se achegou e, pela primeira vez, consegui olhar dentro dos olhos de outra pessoa. E veio um abraço mais apertado e o beijo. Por mim, o mundo poderia se resumir a isso, a boca do Tiago colada na minha pela madrugada adentro.

Fugimos durante as duas noites de retiro. Tiago me contou que há muito não precisava mais frequentar aquela terapia esquisita. Foi de curioso, pois desconfiava que os pais não aceitariam sua orientação sexual. Decidiu procurar ajuda por conta própria e acabou encontrando o João Santana. Porém, a reação dos pais o surpreendeu, pois eles lhe deram total apoio nessa delicada hora. Mesmo tendo descoberto que o reverendo estava impedido de clinicar, pois tinha seu registro cassado junto ao Conselho de Psicologia, continuou indo aos sábados nas caricatas reuniões somente para me encontrar.

Realmente o retiro conseguiu atingir o seu objetivo: quebrou uma maldição. Aquelas duas noites de lua conseguiram mostrar o que de mais belo existia em mim e eu só tinha uma vontade: contar para todo mundo, espalhar a novidade.

Claro, me contive. A possibilidade de a realidade ser aceita em casa era nula. Mas havia recuperado algo que ninguém mais poderia tirar: minha dignidade. E ela me fez suportar o tempo de separação. Tiago era um ano mais velho, faria vestibular no final do ano e iria embora para capital. Eu ainda cursava o segundo ano. Falávamos diariamente por telefone, por mensagem, por e-mail, por pensamento.

Foi bem por essa época que usei um sem fim de *gigabytes* dos pacotes de dados do meu celular jogando *Deemo*.

E é fazendo essa espécie de inventário, enquanto escuto *Sunset*, que minha viagem termina. Ou começa. Sim, talvez essa seja a palavra mais adequada.

A notificação avisa a chegada de mensagem: Já estou aqui. Três minutos, respondo.

Tiago me espera na rodoviária.

Harisu começa a cantar *Make your life*, registrando o marco zero do início da minha nova vida.

# DEPOIMENTOS

## ZAÍRA KEDHI
### GERENTE DE PROJETOS DE TRADUÇÃO E TRADUTORA

É urgentemente necessário que jovens LGBTQIA+ se encontrem nos livros para que não achem que estão fazendo algo errado, para que não sintam que precisem se esconder. Da mesma forma, é preciso que os jovens não inseridos no grupo LGBTQIA+ também encontrem tais personagens na literatura pois eles estão no mundo, são gente como eles.

Desde pequena, eu sempre preferi meninas. Mas estava errado. Eu era errada. Afinal, ser gay é xingamento, não é? Quando meus pais encontraram um certo bilhetinho da menina da escola com quem eu me descobria, foi um escândalo. Antes de falarem comigo, já haviam falado com a família dela. Uma das minhas irmãs não aceitou por um bom tempo. Meus colegas de trabalho sabiam que eu tinha uma namorada, que depois virou esposa, mas meus alunos não. "Melhor não, né? Especialmente as turmas da Urca, a maioria é militar ou filho de militar." Um desses alunos, que devia ter uns 11 anos, falou uma vez que se o filho desse fosse gay, ele o trancava num quarto cheio de mulheres até ele se curar; um colega dele teve uma ideia ainda melhor: jogava o filho gay fora. Meus alunos nunca conheceram "meu marido".

Moro na Escócia há mais de oito anos e aqui é outra coisa. Claro, sempre tem um ou outro que ainda tem dificuldade para aceitar. Mas aqui os LGBTQIA+ estão na televisão, nos outdoors, de mãos dadas nas ruas... fora do armário. Aqui Parada do Orgulho Gay não é carnaval, não. É coisa séria! Empresas de grande porte e alcance mostram que não há problema algum em ser LGBTQIA+, que LGBTQIA+ faz parte delas, serviços de emergência como bombeiros e polícia com membros do movimento e heterossexuais também andando pelas ruas, mostrando que está tudo bem. Nos formulários, toda pessoa se encontra nas mais diversas opções de gênero e formas de tratamento. Na hora de comprar um cartão (manias britânicas!), também se acha de tudo. "Feliz Natal para o meu filho e seu marido", "Feliz dias das Mães para as minhas duas mães". A Escócia agora inclui LGBTQIA+ no currículo escolar, para que este reflita os alunos que o aprendem. Aqui eu não sinto uma obrigação por parte do meu local de trabalho para mudar o gênero da pessoa com quem eu divido a minha vida. É normal. E é isso o que eu quero pro mundo.

Em pleno 2020, ainda há tantos países onde se aplica morte por apedrejamento a homossexuais, e tantos outros, como o Brasil, onde o apedrejamento é metafórico. Por isso é tão importante que a educação mude, tanto na escola quanto em casa e nos lugares de cultos religiosos, para que toda e qualquer pessoa seja representada e aceita. Muitos pais têm que entender que não é só uma fase, muito homem tem que entender que lesbianismo não é entretenimento...

O mundo tem que entender que ser LGBTQIA+ não muda o caráter de ninguém. Que seja algo visto como normal. Porque é.

Eu espero que os jovens que têm esse impulso para experimentar um beijo ou uma relação homoafetiva e os que já estão se descobrindo "diferentes" em sociedades opressoras não tenham medo. Que eles não se sintam sozinhos e que entendam que está tudo bem. E a literatura há de ajudar a criar esse mundo onde ninguém mais se sentirá excluído, errado, nem vítima de preconceito.

## CELSO GUTFREIND
PSICANALISTA E ESCRITOR

A vida humana é imperfeita e, com frequência, injusta. Nasceu em meio à barbárie e, com o tempo, vem se civilizando. Mas o processo é lento e com retrocessos. Diz-se ainda que a chegada à civilização conta com o respeito às leis fundamentais, como não cometer o incesto ou o parricídio. Sem dúvida alguma, são situações relevantes, mas menos se fala que só seremos civilizados quando houver tolerância. A tolerância homoafetiva é uma das principais. Julgar, desrespeitar, desconsiderar o outro pela sua orientação sexual ainda é uma atrocidade bárbara, que nada deve, em absurdo, a outros preconceitos nefastos, como o racial e o religioso. Também por isso me sinto feliz de escrever poemas e histórias e levá-los a escolas para banhar os alunos de um mundo melhor, através da arte, este espaço que sonha uma realidade cheia de diversidades e vazia de preconceitos. Somos águas moles da estética na pedra dura da vida. Cresci neste mundo preconceituoso e dele me descontaminei com meus melhores professores, justo aqueles que me apresentaram a melhor literatura, aquela mais diversa e que, fazendo pensar e sentir, espanta os preconceitos. Que as histórias abordem isto, entre todos os outros temas essenciais. Reconhecer e defender os seus desejos não é apenas evitar uma neurose pessoal: é maior, é coletivo, é o começo de um mundo melhor e necessário.

## VITOR DIEL
JORNALISTA E EDITOR DO SITE LITERATURA RS

No final dos anos 90, eu estava no Ensino Médio e, na época, a cultura pop norte-americana esforçava-se em naturalizar as relações e o desejo homoafetivo, impactando diretamente jovens da minha mesma classe social privilegiada. Esse acesso a informações facilitou muito o entendimento sobre o que é desejo, o que é a natureza da sexualidade humana e o que é preconceito. Aos poucos, fui percebendo que a minha natureza homossexual era legítima e tinha o seu lugar no mundo, um entendimento que aumentava cada vez mais o abismo

entre a minha família e eu. Com o tempo, percebi também que, em nome da minha saúde psíquica, era fundamental cortar os laços com minha família e percorrer o caminho da autodescoberta sozinho. Recomendo que todo jovem LGBTQIA+ reflita sobre a sua família, vasculhe seus sentimentos e procure pessoas nas quais possa confiar. Naquela época, os adolescentes eram talvez mais preconceituosos que hoje e nós estávamos condenados a percorrer esse caminho sozinhos até a fase adulta. A melhor coisa da infância e da adolescência é que elas são temporárias porque depois, tudo melhora. Infelizmente, não tive referências sobre homoafetividade na literatura. Talvez o caminho tivesse sido menos sofrido se esse espelho tivesse sido colocado na minha frente.

## LISANDRA KOHLRAUSCH
PROFESSORA

"Meu pai vai me matar, minha mãe vai sentir vergonha de mim, meus amigos vão se afastar, serei chacota na escola, vou para o inferno..." Muito medo, dor e sofrimento meus olhos e ouvidos já vivenciaram. O motivo? Amor ou interesse por pessoas do mesmo sexo. A tristeza e a melancolia alheias nunca me trouxeram satisfação. Desde sempre, e apoiada em leitura, arte e cinema, procurei ser o mais acolhedora possível. Familiares deveriam simplesmente amar os seus e querê-los felizes, não é mesmo? Não romantizemos. Uma sociedade que ridiculariza e pune acaba, infelizmente, motivando parentes a se juntarem aos falsos paladinos da "moral e dos bons costumes".

A Literatura pode contribuir – e muito! – com nosso processo de humanização. É importante e necessária a abordagem da temática LGBTQIA+, haja visto que nossos jovens precisam de inspiração, identificação e coragem para encontrar acolhimento. Quem nunca se deparou (ou foi?!) com um João, uma Duda, uma Suzanna ou uma Rafa? Para compreender e aceitar o "Por que não consigo gostar dele/dela?" basta ter empatia e procurar entender a alegria e a dor que cada um traz consigo. Como? A literatura certamente tem as respostas. Toda forma de amor vale a pena!

## FÁBIO MONTEIRO
ESCRITOR E ESPECIALISTA EM HISTÓRIA, SOCIEDADE E CULTURA

Como seria passar uma vida inteira calçando sapatos maiores ou menores que o seu pé, herdados dos irmãos mais velhos ou escolhidos por alguém que não os calçam, portanto não sabem sobre as suas particularidades anatômicas? Seriam os sapatos produzidos para todos os pés ou cada sapato teria a anatomia ideal para cada base da integridade de cada indivíduo? Pés em sapatos maiores ou menores furtam espaços nos dedos e calcanhares, outros deixam um vácuo nas

pontas preenchidas com panos, algodão para não impedir a caminhada, vergonha de ter seu pé e não reconhecer o sapato ideal para ele. Viram sapatão, sapatinho, o incomodo faz requebrar, puxar a perna, arregaça a estima, faz mancar desproporcional ao que se espera de um "cidadão de bem".

Essa poderia ser uma metáfora para pés que não cabem em sapatos escolhidos pelos outros, mas é mais que isso: é sobre a importância simbólica que para eles caberem, os sapatos, a natureza convida as suas formas e proporciona uma singular caminhada. Não adianta impor "formas", impor caminhos, oprimir trajetórias. A descoberta do tamanho do pé, a singularidade do ser e sua forma física, o desejo por um sapato que acolha, nos gestos simples do amar e ser amado, é caminho nada escolhido, voz que interpela um jeito único, uma forma única a indivíduos que pensam de forma opressora o outro. Exigência de contemplação de todos no direito ao exercício pleno da cidadania às crianças, jovens e adultos que descobrem o tamanho do seu pé, o sapato que mais convém e o grito que mais ecoa na sua existência, resistência e luta.

Para isso serve a literatura! Para não caber numa única forma, dialogar sobre a maior quantidade de assuntos possíveis, favorecer o encontro com vozes que não se dissipam na força do outro, na importância da vida e de todas as narrativas contra o direito de suas medidas no exercício de ser único, intransferível e multicolorido em todos os pés, em todos os sapatos, a todos os armários escancarados que não aceitam preconceitos e repressões ao direito de ser sem a legitimidade daqueles que não tem o direito a legitimar a existência do outro, Esse outro existe e não é voz solta no ar. É por isso e para isso que contamos histórias.

## INARA MORAES
ESCRITORA E PESQUISADORA DE INFÂNCIA

Cresci perto de mulheres muito fortes e que trabalhavam fora, ocupavam espaços de liderança na comunidade, na escola, na igreja e organizavam o trabalho na roça. Assim, meus dias antigos foram tocados por mulheres, o que acredito ter sido bem importante para o conservadorismo não ser palavra adubada na minha primeira lavoura.

Até o futebol de domingo era desenhado por uma tia avó. Foi ela quem fez o campo, as goleiras, a familiaridade das crianças da família com a bola. Vez ou outra escutava o eco machista de décadas sem Marta ou qualquer vestígio de futebol feminino na TV: "Joga tão bem quanto um homem!", mas aquilo ficava no ar como bola chutada ao longe, bola murcha.

Na adolescência, soube pela minha mãe que um primo assumiu sua homossexualidade para os seus pais e, tanto ela como minhas tias, falaram de forma respeitosa, sem piadas ou comentários a mais... De certa forma, acredito

que meu respeito pelas diferentes formas de amar também venha destes gestos colhidos na infância – terra que ara e nutre o resto da nossa vida.

Mas e quando não é possível colher o respeito à liberdade daqueles com quem dividimos as nossas horas em tempos que inauguram nossas formas de pensar o mundo?

Daí a importância dos livros portarem palavras que falem e escutem a diversidade nas formas de amar. Afinal, já foi dito que o livro também é "a voz de alguém" e eles podem nomear desejos confusos dos primeiros ensaios de vida amorosa, assim como fazer companhia quando o mundo todo torna-se hostil.

Aos jovens leitores, diria que experimentem fechar os olhos e imaginar o vento que emana de uma bela tarde na praia. Desde sempre ele diz que amar sempre valerá a pena e que liberdade é a palavra mais bonita.

## GLÁUCIA DE SOUZA
ESCRITORA E PROFESSORA

Nasci em meados dos anos 1960, no Rio de Janeiro. Neste tempo, pouco se falava em relacionamentos homoafetivos. De fato, era um tema tabu, como a sexualidade em geral. Nascíamos para crescer e nos perguntarem se estávamos namorando qual menino (se fosse uma menina), ou qual menina (se fosse um menino). Aos poucos, conforme crescia, percebia que algumas pessoas simplesmente "não se casavam": eram tios e tias que "insistiam" em ir às festas de suas famílias sempre com a mesma companhia amiga, com quem, muitas vezes, dividiam a casa, as viagens de férias, os passeios de fim-de-semana...

Nos anos 1980, entrei para o curso de Letras. Aquela foi uma década de reabertura política, o que trouxe, também, a possibilidade de diálogo sobre as relações humanas. No Instituto de Letras, tive colegas que tinham relacionamentos homoafetivos. Vários. Foram anos de descobertas e de sofrimento, pois, na época, chegou também a ameaça do vírus HIV, desconhecido e temido, muitas vezes atribuído por ignorância e preconceito a casais homoafetivos masculinos. O HIV trouxe muitas perdas para a minha geração. Lembro de ter perdido colegas queridos do Instituo de Letras, bem jovens, assim como artistas de quem era fã: vidas que se foram cedo demais.

Nos anos 1990, vim morar em Porto Alegre. Antes mesmo de decidir vir para cá, percebia uma liberdade que nunca tinha visto onde morava antes: aos domingos, na Redenção, casais homoafetivos caminhavam juntos, de mãos dadas. Esta liberdade de ser quem somos foi um dos motivos pelos quais escolhi Porto Alegre como a cidade onde vivo até hoje. Sou casada e meu relacionamento é heteroafetivo; por isso, não sofri o preconceito que os casais homoafetivos sofrem ou sofreram. Mas o fato de ter visto o outro sofrer o preconceito fez com que

acredite que todas as pessoas devem ser livres para amar, sair com seus (suas) companheiros (as) de mãos dadas nas ruas, terem/criarem filhos, formarem novas famílias. De lá para cá, fui testemunha de casamentos e de separações de casais amigos, quer hetero, quer homoafetivos. Quanta diferença em relação aos anos de minha infância!

Hoje, vejo que a geração do meu filho tem muito a nos ensinar sobre diversidade e relacionamentos humanos. No entanto, hoje em dia, ainda há bastante preconceito em relação à homoafetividade. Por isso, trago para as novas gerações a lembrança da minha própria geração, que abriu espaços e seguiu em frente, para que, hoje, ninguém mais seja chamado de tio/tia solteiro(a) que visita as festas com sua inseparável companhia.

## LISIANE ANDRIOLLI DANIELI
DOUTORANDA EM HISTÓRIA DA LITERATURA

Eu era uma adolescente de 16 anos quando me apaixonei verdadeiramente por uma menina. Diferente das outras vezes que pensei estar apaixonada por algum menino, nesse momento fiquei em paz comigo mesma e vi o afeto sendo construído e compartilhado. Aceitar que era lésbica não foi fácil, uma vez que era evidente a impossibilidade de viver aquela relação de forma aberta em um contexto de pais e colégio religiosos. Passei a viver aquela paixão, felizmente correspondida, escondida de todas as pessoas, até para as amigas mais próximas. Eu sentia muita culpa e pedia perdão mentalmente por estar sentindo aquilo que era tão bom e, ao mesmo tempo, me faziam acreditar que era tão errado. A falta de referências lésbicas saudáveis fez com que a heterossexualidade compulsória me afetasse a tal ponto de eu negar minha existência e acreditar que não poderia me relacionar exclusivamente com mulheres, mas a vida, as leituras e a convivência com outras pessoas que respeitavam a minha individualidade me fez entender e aceitar a realidade da minha lesbianidade.

O período da adolescência é muito complicado por si só, já que são muitas mudanças ocorrendo no nosso corpo e na nossa mente, e a homossexualidade aparece de forma natural quando estamos descobrindo nossos desejos. Contudo, em vez de receber respeito e apoio, lésbicas e gays recebem negação e violência, que geram medo de ser quem se é. Eu diria para a jovem que fui e para demais jovens que me leem que afeto jamais deve causar medo. Com respeito e amor, todas as relações são válidas e devem ser apreciadas porque a vida está aqui para que sejamos felizes entre as pessoas que nos causam prazer e crescimento interior. Muitas vezes não será simples para nós viver em sociedade porque ela nos rejeita, mas a nossa existência tem poder e devemos permanecer resistentes na verdade do amor que sentimos.

A literatura, como expressão artística, possibilita explorar as mais diversas nuances da humanidade, e a sexualidade é uma das dimensões que causam conflito e questionamento. Desse modo, ter em texto vivências que fogem da heteronormatividade as tornam mais palpáveis e menos envoltas em mentiras e invisibilidade. Isso é indispensável.

## CAIO RITER
ESCRITOR, DOUTOR EM LITERATURA BRASILEIRA, COM ESTÁGIO DE
PÓS-DOUTORADO EM ESCRITA CRIATIVA

Saber e sentir. As palavras precisam sempre falar, sobretudo quando elas buscam dar voz àqueles e àquelas que, durante muito tempo, tiveram suas vozes caladas, seus desejos amordaçados, suas essências negadas. E que bom que as palavras falem, e que bom que possam dizer da diversidade, e que bom que possam expor com naturalidade aquilo que é natural, aquilo que é verdadeiro, aquilo cujo emudecimento provoca morte física ou simbólica.

Toda pessoa, independente de faixa etária, é ser de sentimento, é ser que se constrói como gente à medida que interage com o igual ou com o diverso, sem necessitar emitir juízo de valor sobre as posturas do altero. Dessa maneira, a Arte como um todo e a Literatura, no caso específico deste livro tão necessário, escrito a quatro mãos pela Anna Claudia Ramos e pelo Antônio Schimeneck – o que já lhe assegura por si só um aspecto menos egoísta do ato da escrita – exerce o papel fundamental de trazer ao centro das atenções aqueles e aquelas que, em virtude de não exercerem sua sexualidade regida pelos padrões heteronormativos, se viram, durante muito tempo (salvo raras exceções) apartados das histórias para a infância e para a adolescência, como se só houvesse um modo de exercer a sexualidade. Não, a sexualidade é plural, tal como a vida é plural, como as pessoas são plurais.

Assim, é importante que diferentes leitores possam ter acesso a textos que toquem em questões que fazem parte do viver, como a possibilidade de pessoas de mesmo sexo se apaixonarem, se amarem, serem felizes. Por que negar o óbvio para crianças e jovens? Por que mentir que tudo na vida tem apenas uma possibilidade de existência se eles mesmos sabem que isso é mentira? E sabem por sentirem-se pessoas, por terem interioridade, por possuírem desejos, vontades. E sabem por observarem a realidade que os cerca. Sabem, sentem. Nesse sentido, permitir-se ler o outro faz parte da compreensão da beleza da diversidade e da construção de um mundo melhor, mais empático e mais verdadeiro.

## HELOISA SOUSA PINTO NETTO

PROFESSORA DE LITERATURA BRASILEIRA, DE LITERATURA ITALIANA E
PESQUISADORA SOBRE LITERATURA PARA INFÂNCIA E AUTORITARISMO

Sou fruto de uma geração que frequentou a escola durante a Ditadura militar, isso é, que recebeu uma educação formal permeada por silenciamentos, censura e doutrinação. A realidade homoafetiva não entrava no universo escolar dos anos 70 e, se entrasse, era vista como algo restrito ao mundo artístico ou, pior que isso, era tratada com ironia (muitas vezes agressiva). Em minha família também era tema pouco discutido. O processo de rompimento com os padrões de heteronormatividade incutidos desde a infância se deu de forma realmente decisiva somente na minha passagem da adolescência para a idade adulta.

Mesmo hoje, já madura, não sei bem como eu agiria frente a um jovem amedrontado e inseguro em relação aos seus desejos. Mas consigo imaginar o que diria aos meus filhos caso enfrentassem tal situação: "vocês têm o direito de ser e viver seus desejos como bem entendem e eu estarei sempre ao lado de vocês". Liberdade e apoio são palavras-chave neste contexto.

A literatura para jovens (e igualmente aquela destinada às crianças) cumpre um papel fundamental: o de estimular a reflexão sobre questões socioculturais, contribuindo, assim, para a formação de cidadãos mais conscientes e abertos às diferenças. Narrativas que tratam da condição homoafetiva são importantes, necessárias e urgentes, tanto por ocupar a função de veículo de reconhecimento da própria sexualidade, quanto por fortalecer noções que devem nortear as relações sociais, como respeito, igualdade e liberdade.

Já o estímulo à leitura de literatura com temática homoafetiva é problema complexo, porque envolve, além de educadores e instituições escolares, a família. A tarefa do escritor que se dedica ao tema é, portanto, árdua. E admirável.

## LAURA CASTILHOS

ILUSTRADORA E PROFESSORA

Lembro que, desde pequena, minha casa era frequentada por pessoas queridas, independentemente de serem hetero ou homossexuais. O que importava, e ainda hoje prezo, são os valores éticos, o caráter e o coração de cada ser humano. No meu círculo de amigues e na universidade em que leciono, convivo com héteros e homossexuais, homens e mulheres trans. Creio que já é uma grande vitória o nome social estar na lista de presença. E isso não faz muitos anos. Muitas vezes me pego pensando: por que será que é tão importante falarmos sobre essas questões? Por que elas assombram tanto? É errado dois garotos se amarem? Qual o problema de duas garotas namorarem? De duas pessoas do

mesmo sexo biológico constituírem uma família? De uma menina se sentir menino ou vice-versa?

Eu resumiria a resistência de muitas pessoas em aceitar a homossexualidade e a transgeneridade a um fator: o preconceito. E talvez por isto seja necessário falar tantas e reiteradas vezes sobre orientação sexual e identidade de gênero. Essas pessoas precisam ser educadas, informadas. Infelizmente ainda há muito preconceito rolando na nossa sociedade, nas nossas vidas, nas famílias e nas escolas. Segundo a filósofa e educadora Viviane Mosé★, há hoje "32 gêneros reivindicando o direito de existirem, de serem nomeados, identificados". Então não são apenas dois os gêneros existentes? E aqueles que preenchemos nos quadradinhos dos formulários? Feminino e Masculino? Não! O mundo binário cresceu, expandiu-se. Existe o não-binário. Existe o gênero fluído.

Tenho um filho trans. Desejo a ele uma vida plena. Que respeite as pessoas e seja respeitado. Que seja uma pessoa correta, sensível, do bem, realizada em sua vida amorosa e profissional. Tudo o que uma mãe gostaria para seu filho ou filha. Nada mais triste do que nascer num corpo que não pertence a você, no qual não se sente confortável. Ter que esconder sua verdadeira natureza, o pronome que deseja ser chamada, a roupa que gostaria de vestir. O não acolhimento ou aceitação a uma pessoa trans pode gerar nela um sentimento negativo avassalador, solidão e tristeza profunda, que pode chegar inclusive à depressão, a vontade de não viver.

O medo é compreensível, mas não podemos nos deixar dominar por ele. A vida afetiva é fundamental e nos completa. O ideal seria a família acolher e aceitá-les como são, no que diz respeito à orientação sexual e identidade de gênero. Uma possibilidade é procurar apoio psicológico; outra, buscar coletivos e entidades que apoiam as causas LGBTQIA+. Mas creio que o mais importante é não desistir. É não se isolar. É sair do armário. É viver sua vida na plenitude.

Acredito que há uma grande resistência por parte de certas editoras em contemplarem nos seus catálogos temáticas LGBTQIA+. Se pensarmos que a literatura para jovens passa por uma curadoria, quer seja da família ou escola, livros que tratam deste tema muitas vezes são censurados antes mesmo de serem lidos. Portanto, não chegam à adoção. Logicamente um livro deve ter qualidade literária, independente do tema que trate, mas um livro não pode ser descartado por tocar em temáticas de gênero. Ele pode ser considerado uma rica ferramenta para o esclarecimento, o debate e o autoconhecimento. A escola tem um papel importante em acolher a diversidade, em preparar crianças e jovens para vida, para transformações sociais e culturais, aliadas ao conhecimento como um todo, mas sem descuidar-se da educação emocional.

★MOSÉ, Viviane. Nietzsche: sobre os desafios da vida contemporânea. Petrópolis: Vozes, 2018.

## NATÁLIA BORGES POLESSO
ESCRITORA E DOUTORA EM TEORIA DA LITERATURA

Eu passei muito tempo me estranhando. Vivendo uma parte da minha vida apenas dentro da minha cabeça e achando que eu estava louca ou errada. Eu não posso gostar da Juliana! Eu gosto do Mauro. Mas o que é louco e errado é uma pré-adolescente ter que mentir por medo, por não se sentir acolhida. Louco e errado é a gente ter que fingir. E depois, quando eu parei de fingir, quando eu comecei a namorar gurias, e eu já tinha 18 anos, eu continuei me estranhando. Uma parte de mim continuava pensando que aquilo era errado. E como eu não ia pensar, se ninguém me dizia o contrário e se eu não tinha com quem falar, não tinha livros nem filmes que me mostrassem outras coisas? Minha família, nesse sentido, foi um lugar de acolhimento e entendimento, e eu acho que a minha força para começar a me entender veio dali. Foi um respiro poder contar para e com minha mãe e meu pai. Não ter recebido um julgamento deles, me fez pensar em por que diabos eu estaria me julgando! E então comecei outra jornada: fazer as pessoas ao meu redor compreenderem como o amor funcionava pra mim. E a novidade foi que: não tinha novidade! Era do mesmo jeito que funcionava pra todo mundo, só que eu gostava de gurias.

Vocês, jovens, não estão sozinhos. Somos muitos, muitas e somos diversas! Esse mundo tem um entendimento muito restrito do ser humano, mas nós estamos aqui, lutando para que sejamos compreendidos e compreendidas e para que esse mesmo mundo seja um lugar melhor. De alguma forma, eu acho que já melhorou bastante, tem melhorado s precisamos continuar. Por isso, saiba que vocês não estão sozinhos.

Um lugar de refúgio sempre pode ser a literatura. Os livros me mostraram tanto, me deram poesia, me deram identificação e me deram até a vontade de escrever minhas próprias histórias, com as personagens que eu quis, no caso, mulheres lésbicas e bissexuais. E não é maravilhoso quando nos encontramos nessas histórias?

## LIZIANE KLEIN
COORDENADORA PEDAGÓGICA E MESTRANDA EM LINGUAGENS
E ARTES EM CONTEXTOS EDUCACIONAIS

Uma das pessoas mais queridas da minha infância foi um tio, irmão do meu pai. Ele era fantástico e lembro de conversarmos por horas e de ele me contar histórias e explicar as coisas. Ele era cabeleireiro e o salão de beleza dele era um mundo mágico a ser desvendado toda vez que eu ia visitá-lo. Ele era diferente dos outros tios, pois vestia-se como mulher, estava sempre de unhas longas e

pintadas e de cabelos arrumados. Mas a aparência e o nome não combinavam, pois ele era uma mulher, mas o chamávamos por um nome masculino.

Um dia, estávamos sozinhos e, do alto dos meus 10/11 anos, eu perguntei se ele gostaria que eu o chamasse de "tia". Ele me olhou e assentiu, mas pediu para que isso só acontecesse quando estivéssemos sozinhos. E assim foi. Entre nós, a sua identidade sempre foi respeitada, mas fora do nosso mundo eu sabia que havia discriminação e violência, da simbólica à física propriamente.

Ela faleceu quando eu tinha 14 anos, em meados dos anos 90, e naquela época as coisas eram muito mais difíceis que hoje. Como eu queria que ela soubesse que a sua existência fez diferença e que sua luta deixou eco! É em memória de minha tia, para que outros e outras não sofram por serem quem são, que eu luto pela igualdade de direitos e pelo respeito à comunidade LGBTQIA+. Somos por natureza diversos e a nossa diversidade precisa ser respeitada.

## HEINZ LIMAVERDE
ATOR E PROFESSOR

Eu nunca tive dúvidas do adulto que eu gostaria de ser. Mas durante a minha infância e adolescência, no final do século XX, passei por momentos constrangedores de bullying, de dúvidas e de medo. Ao mesmo tempo que cresci convivendo com casais homoafetivos, amigos dos meus pais, que demonstravam seus afetos em público durante os encontros e festas do nosso convívio, ouvia sempre comentários negativos, feitos por familiares, julgando o meu jeito de andar, de dançar e de falar. Isso me fez acreditar que só com a maior idade e a minha independência financeira eu poderia ser quem eu realmente desejava. Até alcançar o tal momento tão esperado de liberdade, sobrevivi escondendo de algumas pessoas meus sentimentos e meus sonhos. Hoje penso que deveria ter sido mais eu durante aqueles tempos. Mas também sei que não teria sido fácil. Mas o que importa, hoje, é que a minha homoafetividade e minhas histórias daquela época servem de inspiração para a minha arte e minha vida.

## ANA PAULA CECATO DE OLIVEIRA
MESTRE EM LETRAS, PROFESSORA E COLUNISTA DO SITE LITERATURA RS

*"A biblioteca ideal é a que permite que as crianças (e os jovens) sonhem e que não lhes imponha ideias, imagens ou histórias, mas que lhes imponha possibilidades, alternativas."* (PETIT, 2009, p.21)★

A leitura de um bom livro literário nos conduz para muitos caminhos, mas todos eles, de alguma forma, promovem um encontro com nossa subjetividade. Nesse

encontro, provocam uma experiência sensível, que se comunica com quem somos, e uma experiência intelectual, que se comunica com o que sabemos. Porém, no processo da leitura literária, não estão demarcadas as fronteiras entre quem eu sou e o que eu sei, mas elas se fundem e se deslocam para outra: o que eu preciso saber sobre quem eu sou.

Quando as práticas de leitura literária acontecem na escola ou em outros espaços nos quais o leitor fará seu percurso formativo, elas precisam evidenciar a experiência com o literário. Essa experiência pode ocorrer no espaço íntimo da leitura silenciosa ou na leitura compartilhada, em voz alta, mediada e discutida numa comunidade de leitores. A escolha de trazer a literatura para a centralidade das práticas oferece ao mediador de leitura uma matéria-prima preciosa para compreendermos a diversidade da experiência humana, e para que nós, leitores (o mediador é também um leitor), possamos produzir sentidos para nossa própria experiência. Sentidos esses que nos ampliam, desde que estejamos atentos para escutar e sensíveis para compreender.

Como professora-mediadora da leitura, sinto-me no compromisso de compartilhar leituras com os estudantes que respeitem sua inteligência e sua sensibilidade, e que os conduzam para uma experiência de leitura em que possam elaborar uma relação com o mundo que dê sentidos para suas próprias vidas. Leituras essas que, de forma complexa e aprofundada, narrem, encenem, poetizem a diversidade que nos constitui como seres humanos, seja relacionada à cor, à identidade de gênero, à orientação sexual, à deficiência. Leituras que permitam ao leitor possibilidades de sonhar e de escrever suas próprias histórias. Leituras que os lancem para o mundo, que os façam voar felizes, livres e seguros.

*PETIT, Michele. *Os jovens e a leitura*. São Paulo: Editora 34, 2009.

## PAULA TAITELBAUM
ESCRITORA E EDITORA

Acho que "aceitar" a realidade homoafetiva é uma palavra que pressupõe que um dia você rejeitou. E acho que isso nunca existiu no meu universo. Lembro da curiosidade, isso sim. Quando eu tinha uns 13 anos (e olha que isso faz muito tempo...) uma amiga contou de duas colegas que estavam ficando. Foi a primeira vez que ouvi que duas meninas tinham se beijado "de língua". Achei curioso, achei bacana, achei legal estarem fazendo algo que dava prazer a elas. Penso que uma vantagem que tive foi ter uma família liberal, sem nenhum vínculo com religiões (meus pais não casaram na Igreja, nunca fui batizada, na escola meu pai não quis que eu assistisse às aulas de religião e eu ficava no pátio). Depois entrei para um grupo de teatro, onde todos ficavam com todos. Ou seja: meu ambiente sempre foi o de "faça o que você tem vontade" sem culpa. Pena que essa não é a realidade de todos.

Infelizmente ainda temos muita repressão, muita gente ignorante e preconceituosa. Quando penso nisso tenho um misto de tristeza e raiva, pois ir contra o amor e o desejo não faz o menor sentido para mim. Minha filha é bissexual, até pouco tempo namorava uma menina e quando elas se separaram fiquei triste demais, pois adorava sua namorada. Só que nem todos os pais são assim. O que teria a dizer é: não sinta culpa, não sinta vergonha, não sinta raiva, não ache que você não é normal. Comece conversando com alguém em quem você confie, pois é horrível não poder se abrir com alguém. Procure um amigo, um parente, um terapeuta, alguém que você tenha certeza que gosta de você. Normalmente, pais mais "caretas" tendem a ter um choque no primeiro momento, mas depois o amor costuma falar mais forte. Mas se isso não acontecer, não se desespere, a culpa não é sua, a culpa é deles por estarem atrelados a regras absurdas normalmente ligadas à religião ou ao medo do que os outros vão pensar.

A importância dessa temática na literatura é imensa, porque o livro também é uma forma de o leitor se ver, se encontrar e se identificar e é muito importante termos personagens com os quais os jovens se identifiquem. Percebo que nas boas séries de streaming para jovens isso já vem acontecendo com frequência: sempre há um ou outro jovem com relação homoafetiva e isso é encarado com normalidade por seus amigos. Porque tem que ser assim: precisamos chegar em um momento em que não se discuta mais isso, que se fale simplesmente do amor e as relações de forma natural, independente de como elas se manifestam.

## ROCHELE BAGATINI
ESCRITORA E ESPECIALISTA EM LITERATURA BRASILEIRA

Quando nasci eu já convivia com a homossexualidade na família. Sentia desde muito cedo que havia algo diferente acontecendo com aquelas pessoas, algo que as tornava menores aos olhos de outros familiares. Eu sentia como se tivesse que defendê-las, mesmo que eu não entendesse: defender do quê?

Com o passar dos anos fui percebendo melhor as divisões estabelecidas entre sexos e entendi que as pessoas que eu queria defender gostavam de amar, no sentido íntimo e amplo, pessoas do mesmo sexo delas. Isso não me encheu de visões sobre como aconteciam as relações, simplesmente não pensava nisso. Eu não precisava ver, porque, em princípio, era algo que não devia mesmo ser visto, nem pensado, deveria ser evitado, era algo vergonhoso.

As coisas acabaram muito fragmentadas na minha mente: as pessoas que eu deveria defender, elas mesmas não se defendiam, procuravam disfarçar as aparências. Talvez pela dificuldade em lidar com essas relações, acabei indo trabalhar com pessoas portadoras de HIV-AIDS, e passei a conviver com casais homoafetivos constantemente, naturalizando suas presenças em minha vida.

Foi imenso o ganho afetivo. Entretanto, no meu núcleo familiar as relações se mantiveram as mesmas, uns cá outros lá, e eu, que tão bem me articulava entre amigos gays, lésbicas, trans, nada consegui melhorar das relações parentais.

Como a família nunca fez questão de falar do problema, meus parentes que tinham relações homoafetivas foram vivendo suas vidas apartadas de todo o resto. Lembro-me de em algum momento, acho que nos anos 2000, quando a família já convivia com alguns poucos parceiros de parentes homossexuais, que as trocas de carinho entre eles eram um tabu. A situação ainda permanece. Se existe alguma troca de carinhos, a família se sente constrangida, desvia o olhar, vai fazer qualquer coisa para não ver.

Eu sinto o peso, e sinto o constrangimento também, e não sei se o peso precede o constrangimento, ou é o contrário. Também me pergunto se faço distinção entre os parentes e os amigos com relações homoafetivas, se é algo estabelecido pelo meio, ou se existe constrangimento em quaisquer demonstrações de afeto íntimo que eu perceba na minha família, inclusive hetero. A convivência efetiva com essas pessoas em todas as fases da minha vida, mas sobretudo quando eu era criança e tinha tanto a aprender sobre o amor, está, invariavelmente, perdida. Em nome do quê, afinal?

## MÁRCIA LOPES DUARTE
PROFESSORA E DOUTORA EM LETRAS

Eu li o livro Morangos mofados, de Caio Fernando Abreu, aos 13 anos de idade. Naquele momento, não sabia ainda, mas aquela leitura seria uma das mais importantes a me indicar o caminho que tomaria na vida. Quando escolhi o caminho da literatura, no qual sigo até hoje, como professora e pesquisadora, uma das principais questões que passaram a me interessar foi a defesa da diversidade. Desde lá até aqui tenho pautado minhas aulas e pesquisas, sempre procurando dar voz e vez aos mais diferentes personagens. A cada nova turma, procuro ler textos que sirvam para ampliar o debate sobre os direitos LGBTQIA+, principalmente o direito básico de existir e se sentir representado/a nas mais variadas instâncias. Eu creio que hoje, sou uma pessoa mais completa, pois procuro incluir ao invés de buscar explicações ou julgar. E não admitirei jamais que, em minha vida, transitem pessoas que desconsiderem a identidade alheia.

## SÔNIA DE PAULA
ATRIZ E PRODUTORA CULTURAL

O meu maior orgulho e alegria é ter mostrado para minha filha que, independente de raça, etnia, sexo e classe social, todos nós somos iguais e precisamos ser amados pelo que somos por dentro.

Não podemos deixar que a sociedade imponha de quem devemos ou não gostar. Use o seu livre arbítrio para suas escolhas!

Eu acredito que nunca é tarde para aprender e aceitar o outro do jeito que ele é. Isso é empatia. Isso é amar!

## KENNEDY SOUZA
AVENTUREIRO EM ILUSTRAÇÃO

Lembro-me do dia que me reconheci como uma pessoa LGBTQIA+, das explosões de adrenalina que passavam pelo meu corpo e do coração pulsando na garganta, igual quando a gente leva um grande susto ou está fazendo algo muito errado. Isso, só de me imaginar amando, beijando ou tratando com mais afeto uma pessoa do mesmo sexo.

Por sorte, desde minha adolescência convivo em ambientes onde o livro está bem presente. Na época, lia muita literatura LGBTQIA+ e ali me via em todos os personagens, vivendo grandes crises de personalidade, que foram necessárias na construção do "novo eu".

Também tive pessoas importantíssimas que me tiraram toda essa sensação do errado e elas foram essenciais nessa construção.

Então, aproxime-se o máximo possível de pessoas que amam você por quem você é, faça seu clico de amor e principalmente aproxime-se de você e ame quem você é. Viva toda forma de amor.

## JULIANA HUGO
BIBLIOTECÁRIA

Vinicius era meu vizinho. Ele não tinha mais de vinte anos de idade. Eu e meu marido nos mudamos pra uma casa depois de vários anos morando em apartamento. Sabe como é quando a gente vai morar em casa, né?! No final de semana queremos aproveitar a sensação de liberdade que uma casa localizada no interior dá: convidar os amigos, fazer um churrasquinho, tocar uma música. Viver!

Sempre convidávamos o Vini. Na verdade, a gente achava um pouco estranho o fato de ele estar sempre em casa. Do trabalho pra casa, da casa pro trabalho. Além disso, não parecia ter muitos amigos. Morava com os avós, um tanto solitário. Era gente boa, um cara legal. Sonhava em fazer faculdade de artes plásticas e adorava música.

Foram alguns anos de convivência e amizade até que um dia ele sumiu.

Naquele tempo não tinha WhatsApp e a comunicação demorava um pouco. Fiquei sabendo tempos depois que tinha ido morar com uma tia.

Uns dois meses depois da última visita, ele me ligou. Precisava conversar comigo e marcou de aparecer no sábado. Achei estranho, pensei que pudesse ter se metido em alguma encrenca ou brigado com o avô, um senhor à moda antiga.

No dia marcado, bateu na porta. Lembro que ele estava muito nervoso... aí me preocupei de verdade com o que poderia ter pra falar. Depois de horas de conversa fiada, respirou fundo e desabafou:

– Eu gosto de meninos.

Demorei pra entender que toda a angústia, o nervosismo, o sumiço, tudo isso era sobre homossexualidade. Na verdade, eu sempre soube e não achava que fosse segredo pra ele. Embora a gente nunca tivesse conversado abertamente sobre o assunto, falávamos sobre tantas outras coisas

Levei uns dias pra entender aquela conversa. Ficava me perguntando o que eu teria feito pro Vini achar que precisava me explicar alguma coisa? Que tipo de amiga achava que eu era? Com o tempo, entendi. Eu não precisava de explicação. Ele precisava dizer pro mundo o que ia dentro dele trancado sem poder sair. Precisava, finalmente, ser quem era, sem achar que estava escondendo isso de alguém. Precisava ser honesto com ele mesmo. Depois disso, pude viver um pouquinho da dor de quando a gente necessita esconder o que é com medo da reação das pessoas.

Ele nunca mais morou com os avós, se formou em artes plásticas, casou, separou, conheceu o mundo... ele é meu amigo. Sinto a felicidade dele hoje como senti a dor há uns anos. Porque no fundo todos queremos é fazer parte, ter nossa turma, pertencer sendo o que a gente é.

## MARCEL HARTMANN
JORNALISTA E ESPECIALISTA EM LITERATURA BRASILEIRA

Internamente, foi relativamente fácil aceitar a realidade homoafetiva. Me vi como um homem gay desde criança. Lembro que meus primeiros desejos afetivos iam em direção ao sexo masculino. Fui criado por pais bastante católicos, do interior do Rio Grande do Sul. Lembro, ao fazer aniversário de sete anos, durante a festa, de minha avó comentar com a minha mãe que a criança tem a personalidade formada até aos sete anos, depois disso não muda mais. Aquelas frases do senso comum... Ouvi isso e, na hora de soprar a vela do bolo, pedi para não ser gay.

Lembro também de um caso específico, sonhei que vários homens me abraçavam. Acordei chorando e fui falar com a minha mãe. Ela mandou eu rezar o Santo Anjo sempre antes de dormir, pois tudo daria certo...

Tive sorte do meu melhor amigo da escola ser gay e filho de uma psicóloga. Ele se assumiu gay sem grandes problemas. A saída dele do armário ajudou a eu me entender como pessoa. Estudei numa escola católica humanista e progressista, de esquerda. Então, os pais que colocavam os filhos lá eram mais

progressistas. Qual a consequência disso? Eu não sofria homofobia, sendo eu e meu amigo bastante gays. Inclusive, éramos populares, íamos bem nos estudos, líamos literatura de gente mais velha, os professores nos elogiavam e as pessoas nos tomavam como inteligências.

Sofri mais em casa, saí do armário para os meus pais aos quatorze anos e tive uma adolescência difícil por conta disso. Muito complicada. Fui expulso de casa aos dezoito anos, vivi o inferno dos quatorze aos dezoito. Tudo que eu queria era envelhecer logo para conseguir sair de casa, ter meu dinheiro, ser independente, pois sofria muito. Ao mesmo tempo, era seguro de mim, pois tinha total consciência da minha homossexualidade e as brigas com meus pais eram: Vocês têm que aceitar, não tem o que fazer...

Era tão seguro que, na escola, quando todo mundo tem o primeiro beijo, o primeiro namoro, eu prometi para mim mesmo que não beijaria uma menina antes de beijar um menino, pois eu era gay. Então, meu primeiro beijo foi aos quinze anos. E foi com um menino.

Meu pai era muito opressor e nos criou para abaixar a cabeça e nunca responder a ninguém, nunca contrariar os outros. Demorei muitos anos para conseguir me impor perante o mundo e uma das consequências disso é que sou uma pessoa mais quieta, introspectiva, até hoje. Aos jovens que têm medo, diria: não vale a pena viver uma vida sob o olhar do outro. Isso foi algo que sempre tive seguro dentro de mim e me movia, me mantinha vivo nessa fase difícil e complicada da adolescência. A vida é curta e a gente não tem tempo a perder tentando viver a verdade dos outros.

Os livros foram refúgio nessa fase. Lembro de ter lido em um deles que a gente não consegue, muitas vezes, mudar a realidade do mundo que nos oprime, mas podemos controlar a forma como reagimos a ele. O mundo vai ser preconceituoso, vai ser perverso. A família também, mas podemos controlar como vamos entender isso, as razões por detrás disso. O nosso valor não deve depender dos outros e precisamos nos manter firmes em relação as nossas certezas, ideologias, pensamentos e sobretudo aos sentimentos.

Ser LGBTQIA+ em nossa sociedade é viver numa insegurança constante, pois a gente sempre é um outro, do contra, não sendo aquilo que todo mundo é. E, dessa forma, tendemos à insegurança. Muitas vezes eu chegava a conclusões e acabava me sabotando, pois pensava estar errado, inadequado por agir de tal jeito, mas na real só estava sendo eu mesmo. Na verdade, não temos que pedir desculpas para as pessoas por sermos quem a gente é. Uma vida vivida sob o olhar dos outros é uma vida medíocre. Colocar nossa felicidade na mão dos outros é algo muito vulnerável.

Ter uma literatura com essa temática para jovens é uma questão de representatividade. Há poucos anos começamos a ver temáticas LGBTQIA+

sendo retratadas na arte, na imprensa, em filmes, em séries, enfim, é muito importante a gente ver a nossa vida, os nossos anseios retratados em esferas públicas da sociedade, pois o que estamos vivendo e sentindo é legítimo, não é errado ou problemático. Comecei a ler Caio Fernando Abreu aos quatorze anos e foi revolucionário, ver de forma meio escondida naquele texto, a temática LGBTQIA+. Mesmo nas entrelinhas, ela me tocou muito, lembro que me senti empoderado, pois vivemos numa sociedade preconceituosa que atrela a realidade gay a sentidos negativos. Para ela, o mundo gay é devasso, associado às drogas, à Aids e cheio de infelicidade, solidão e ausência de família.

Nossa identidade sexual não nos encerra em determinados destinos, mas nos empodera por se tornar uma identidade política, permitindo uma visão de mundo mais rica e mais tolerante e se ver retratado na literatura é importante.

## GISLENE SAPATA RODRIGUES
BIBLIOTECÁRIA, CONTADORA DE HISTÓRIAS E MEDIADORA DE LEITURA

Acredito que o amor deve estar ligado de forma irreversível à palavra liberdade. Nada é mais próprio que nossos corpos e afetos; dessa forma, aceitar e respeitar a realidade homoafetiva foi um processo. Faz parte deste a problematização de piadas e preconceitos típicos de quem cresceu em cidade pequena embaixo do coturno militar, realidade que nos limita. A partir do momento em que comecei a reconhecer amigos e amigas dentro dos seus espaços de expressão de sexualidade, acredito que a questão tomou outra forma. O sistema é cruel. Os preconceitos são perpetuados. E muitas vidas são perdidas tanto de forma factual quanto simbólica.

Gostaria de dizer para cada jovem que pode estar inseguro ou com medo em relação a seus afetos e desejos que não tenham medo. É trágico que a palavra medo esteja associada ao amor. Acredito que podemos também nos cercar de referências, ler sobre a temática e buscar livros com personagens que vivenciem estes mesmos conflitos também possa ajudar muito a enfrentá-lo, pois sabemos que, muitas vezes, além da sociedade, o grande enfrentamento é a família, que nem sempre acolhe e entende, chegando a rejeitar a forma com a qual seus filhos amam. Procurar e construir uma rede de apoio composta por amigos que te escutem e te fortaleçam também é muito importante.

A literatura é um espaço seguro, no qual podemos vivenciar milhares de vidas a partir das histórias dos personagens. A literatura pressupõe pluralidade, e aqui reside a importância destes títulos no acervo de bibliotecas com acesso ao público. A temática LGBTQIA+ na literatura tem uma função de representatividade, para que os indivíduos reconheçam tanto a expressão de gênero quanto de orientação sexual e possam, assim, se sentirem representados

nas páginas destas obras. O acesso a essa literatura por pessoas com orientação hétero-centrada permitirá que conheçam e respeitem subjetividades e vivências homoafetivas como legítimas, o que de fato são.

## LÍVIA ARAÚJO
ESCRITORA, JORNALISTA E ESPECIALISTA EM LITERATURA BRASILEIRA

Saber e aceitar que as pessoas são diferentes umas das outras e que podem amar e ter famílias tão diversas quanto possam existir é algo que, para mim, se traduz em muitas chances de felicidade. Porque aceitar tanto o outro quanto nós mesmos faz com que a gente não precise viver sempre na defensiva. Deixa a gente livre para sorrir, fazer amizades, trabalhar e construir um mundo melhor. Para mim, aceitar a homoafetividade é simplesmente querer viver nesse mundo melhor.

Por isso, estar em uma sociedade que rejeita alguns tipos de amor pode ser insuportável. Mas se você se sente diferente dos outros, saiba que não está sozinho. Por pior que a vida possa parecer agora, que você tenha de guardar quem você realmente é no fundo de um armário, ou no fundo de si mesma ou si mesmo, no futuro as coisas vão melhorar para você, como já melhoraram para muitos de nós que sofremos um dia, seja pela falta de aceitação de nossa família, seja pela falta de aceitação de nós mesmos.

Uma das formas de perceber que não estamos sós neste mundo, é justamente por meio dos livros. Personagens, heróis de dramas, aventuras e fantasias, que enfrentam dificuldades e desafios, que podem ter o final que buscaram, que podem viver novos começos, podem representar o que queremos ser e fazer. Podemos estar lá com eles e ser eles. E podemos também escrever a nossa própria história.

## GILSANDRO SALES
SUPERVISOR EDITORIAL DE LITERATURA INFANTIL E JUVENIL

Moro em São Paulo, trabalho com edição de literatura para crianças e jovens, sou formado em Letras e muitíssimo apaixonado por livros, histórias, literatura e tudo o que envolve esse belo universo das palavras. Antes disso, porém, eu já fui um ser humano muito retraído, cheio de medos, carregando para cima e para baixo uma culpa absurda por simplesmente ser quem eu era. Infelizmente, o mundo não está tão preparado para o que se considera diferente. Mas, mesmo com medo, eu sempre fui feliz. Apesar do preconceito, sempre respeitei minha natureza, meu jeito de ser e pensar, minha ética pessoal. Fui aprendendo com o tempo, nem sempre de modo leve, que o que me faz diferente é justamente o que me torna tão especial.